절대!
허송세월하지 마라

백낙원 제5수필집

시음사
시사랑음악사랑

작가의 말

독일의 신비 사상가 토마스 아 켐피스(Thomas à Kempis, 1380년 ~ 1471년)는 "절대 허송세월하지 마라. 책을 읽든지, 쓰든지, 기도하든지, 명상하든지, 또는 공익을 위해 노력하든지, 항상 무엇인가를 하라."고 했습니다.

토마스 아 켐피스가 한 이 말이 아니더라도, 나는 그동안 항상 무엇인가를 하려고 노력했다고 자부할 수 있습니다. 목사가 되기 위해 6년 동안 주경야독하였고, 20여 년 동안 각고(刻苦)의 노력 끝에 목사가 되었으며, 시인과 작가가 되기 위해서도 무던히 노력했습니다. 40여 년 동안 목회를 하면서도 여러 가지 취미활동을 했는데, 서예(書藝)로부터 시작해서, 분재, 수석(壽石), 사진(이 세 가지는 전시회도 했음) 목각(木刻), 석각(石刻), 인두화, 목축(牧畜), 승마(乘馬), 등등, 지금 생각해도 참 바쁘게 살았구나하는 생각을 해 봅니다. 높은 수준에 도달하지는 못했지만, 소소한 즐거움이 있었기에 감사하지 않을 수 없습니다.

요즘도 2023년 9월에 제3 시집을 출판하였고, 이번에 제5 수필집을 출간하게 되었습니다. 건강이 허락하는 한 앞으로도 계속 그 무엇인가를 하려고 노력할 것입니다.

글을 쓰는 것은 계속할 것이며, 그림을 그리거나, 이런저런 악기를 연주해 보겠지만, 특별히 외부로 드러나는 것보다는, 내면세계(內面世界)를 더욱더 알차게 하기 위한 노력을 하려 합니다. 공익을 위해 더욱 노력할 것이며, 기도와 명상 등에 더 집중하려 합니다.

나이가 들면서 눈도 흐려지고 기억력도 자꾸만 쇠하여지기 때문에 뜻대로 될까 하는 걱정이 앞서기도 합니다만 그래도 이만할 때 우리 주님을 맞을 준비를 알뜰하게 해야 할 것 같아서입니다. 여러모로 부족한 제게도 많은 격려 부탁드리고 독자 여러분들도 새로운 도전으로 인생의 큰 기쁨과 만족을 체험하시기를 간절히 기원합니다.

마지막으로 이 책이 나오기까지 물심양면으로 힘써 주신 김락호 창작문학예술인협의회 이사장님과 편집에 애써주신 시음사 출판사에도 감사를 드립니다. 아울러 이 늙은이의 졸작을 구독해 주시는 독자 여러분의 건투를 빌면서 머리 숙여 감사 인사를 올립니다.

주후 2024년 3월
황우 목사 백낙원 배.

A. 세월을 사들여라.

B. 격세지감(隔世之感)

C. 사암(砂巖)위의 문명

D. 발광의 시대를 말한다.

E. 인생의 가감승제(加減乘除)

F. "다움"의 미학

G. 횡설수설(橫說竪說)

H. 크리스천이여! 베옷을 입고 재에 앉으라.

A. 세월을 사들여라.

세월을 사들여라.

우리가 사용하는 한글은 세계에서 가장 과학적이라는 평을 듣는다. 다른 그 어떤 나라 말로나 글로도 표현할 수 없는 것을 다 표현할 수 있기 때문이다.

한 가지 예를 든다면, 형용사(形容詞) 즉 그림씨(어떻씨)의 다양성이라 할 수 있다. 가령 "빨갛다"는 단어가 형용사로선 매우 다양하다. 어감이 큰 말 앞에선 "뻘겋다", 어감이 보통인 말 앞에선 "발갛다", 그리고 "붉다" "불그스름하다" 등등 얼마나 다양한가 말이다. 그렇지만 그 문자와 언어의 깊이에 있어선 그리스어의 희랍문자를 따라가기 어렵다는 생각이 든다.

한 가지 예를 든다면 우리가 흔히 사용하는 "시간"이라는 말은 우리말로는 너무 단순하게 느껴지는 것이 사실이다. 하지만 그리스어에선 시간을 둘로 나눈다. "크로노스"(χρόνος)의 시간과 "카이로스"(καιρός)의 시간인데, 그 의미는 크게 다르다.

"크로노스"는 달력에 표시된 시간, 즉 가만히 있어도 그냥 흘러가는 자연적인 시간을 말하는데, 아무 생각이나 행동을 하지 않고 살아도 흘러가는 객관적인 시간이다.

반면 "카이로스"는 상대적인 시간개념으로 같은 시간이라도, "크로노스"의 시간을 의미 있게 사용하면, 아주 고귀한 "카이로스"의 시간이 되는 것이다. 그래서 우리 기독교에선 "크로노스"를 "인간의 때"로, "카이로스"는 "하나님의 때"로 사용하기도 한다.

이탈리아 북부 트리노 박물관에 "카이로스"의 조각상이 있다. 이 "카이로스"는 제우스신의 아들로 '기회'를 신격화한 남성 신이다. 그는 무척 재미있는 모습을 하고 있는데, 우선 그의 앞머리는 머리털이 무성하지만, 뒷머리는 머리털이 하나도 없는 대머리이다. 그리고 그의 양발에는 날개가 달려 있다. 때로 그는 날개가 달린 공 위에 서 있는 모습으로 묘사되기도 한다. 그리고 저울과 칼을 손에는 들고 있다.

그 "카이로스"의 동상 앞의 있는 경구(警句)(epigram)에는 "앞머리가 무성한 이유는 사람들로 하여금 내가 누구인지 금방 알아차리지 못하게 하기 위함이고, 나를 발견했을 때는 쉽게 붙잡을 수 있도록 하기 위함이며, 뒷머리가 대머리인 이유는 내가 지나가고 나면 다시 붙잡지 못하도록 하기 위함이며, 발에 날개가 달린 이유는 최대한 빨리 사라지기 위함이다. 그리고 저울을 들고 있는 이유는 기회가 앞에 있을 때는 그 저울로 신속 정확하게 판단하라는 의미이며, 날카로운 칼을 들고 있는 이유는 칼같

세월을 사들여라.

이 결단하라는 의미이다. 나의 이름은 '기회'이다, 라고 쓰여 있다.

많은 사람이 우물쭈물하다가 그 "카이로스"의 앞머리를 잡지 못하고 지나간 다음에 후회하는 경우가 많다. 그래서 뒷머리가 없는 카이로스를 잡기란 실로 어려운 것이다. 거기에다가 "카이로스"의 양발에는 날개가 달렸기 때문에 쏜살같이 날아가 버리기 때문이다.

그리고 "카이로스"가 저울을 들고 있는 것처럼 우리도 분명한 가치판단을 하며 살아야 한다. 그런데 요즘 정치인들이나 기업인들, 그리고 종교인들마저도 이 저울을 올바르게 사용하지 못하여 많은 사람의 손가락질을 당하는 것을 볼 수 있다. 그래서 교수들이 올해(2023년)의 사자성어로 견리망의(見利忘義)로 정했는데, 이는 눈앞의 이익을 보면 의를 망각한다는 뜻이다.

우리 속담에 "중(스님)도 아니고 서(庶)도 아니다."라는 말이 있다. 요즘 젊은이들도 차일피일하거나, 인정이나 사정, 그리고 다른 사람의 눈치를 보면서 어정쩡한 삶을 사는 경우가 많아서 하는 말이다.

많은 사람이 "크로노스"의 시간에 종속되거나 지배당하여, "크로노스"의 시간에 몸을 맡기고 일희일비(一喜一悲)하는 게 보통이다. 그러나 우리가 "크로노스" 시간이 내게 어떤 의미를 주는 것인지를 생각해야 할 것이다.

A. 세월을 사들여라.　　　10

마치 홍수 속에서 죽은 나무는 떠내려가지만, 살아 있는 피라미는 오히려 물결을 거슬러 올라가는 것과 같다. 그럴 때 바로 그 "크로노스"의 시간이 "카이로스"의 시간으로 변하게 되는 것이다.

그리고 "카이로스"가 가진 날카로운 칼처럼 이 복잡한 현실 속에서 "옳은 것은 옳다 하고 아닌 것은 아니라"하는 순간순간 결단을 해야 할 것이다. 성서는 『세월을 아끼라. 때가 악하니라.』(앱 5:16)"라고 했다. 이 말은 "기회를 사들여라."는 뜻이다.

한 번 가고 다시 오지 못하는 바람 같은 "크로노스"의 시간을 잘 활용하여, "카이로스", 즉 소중한 나만의 역사(history)를 만들어 갔으면 하는 바람이 간절하다.

혼자 가야 하는 길

부산에 사는 막내딸에게서 전화가 왔다. 병원엘 갔더니 갑상선 암이라고 해서 수술을 해야 한단다. 가슴이 철렁 내려앉았다. 나이도 겨우 마흔을 넘겼지만, 아이가 셋이나 딸린 주부이기 때문이요, 아무리 착한 암이라고는 하지만 암은 암이기 때문이다. 드디어 겨드랑이 부분으로 내시경 수술을 받아 지금은 아주 건강해진 상태다.

요즘은 기술이 좋아서 목 부분을 절개하지 않고 겨드랑이로 내

시경을 넣어서 수술하기 때문에 신경을 건드릴 확률도 줄고, 더 정확하게 수술을 할 수 있다는 의사의 설명이다.

나는 아직 한 번도 어떤 수술을 받아 보지는 않았지만, 내자는 여러 번 수술실에 들어갔었다. 그때마다 느끼는 것은 아무리 가까운 사이라 해도 수술실에는 혼자 들어가야 한다는 사실이다. 하긴 따라 들어간다고 해도 할 일이 없기는 마찬가지이다. 부부가 아무리 서로 사랑하고, 또 자식을 사랑한다고 해도 대신 아파 줄 수도 없고, 대신 죽어 줄 수도 없는 것이 인생이다.

우리 인생은 혼자 왔다가 혼자 가야 하는 저승길 또한 다르지 않다. 그래서 옛날에 초상을 치를 때 보면 행상에 올라선 요령잽이가 구슬픈 소리로 목청을 돋운다.

"저승길이 멀다더니 대문 밖이 저승이라. / 인간 칠십 고락 되어 팔십 장년 구십 춘광. / 삼만 육천일에 백 살을 산다 해도, / 병든 날과 잠든 날 근심·걱정 다 제하면, / 단 사십을 못사는 초로 같은 우리 인생. / 친구 벗이 많다 한들 어느 누가 동행하며, / 일가친척 많다 한들 어느 누가 대신할까. / 뒷동산에 고목 나뭇잎이 필제 돌아오며, / 솥 안에 삶은 팥이 싹이 날 제 돌아오랴. / 북망산천 한 번 가면 다시 오지 못하누나." 하고 구슬픈 소리로 메기면, 상여꾼들이 "어화 넘차 어화호. 어화 넘차 어화호." 라고 답하면서 장례를 치른다. 그러면 유족은 물론이거니와 온 동민들도 함께 눈물을 흘리면서 뒤따르곤 하지만, 무덤에 들어가는 사람은 사자(死者) 혼자뿐이다.

U.N 사무총장 함마슐드는 스웨덴의 경제학자요 덕망 있는 정치가였다. 그가 콩고의 분쟁을 해결하기 위해 비행기를 타고 가다가 추락 사고로 사망하였는데, 그의 품에서 발견된 성경에 "네가 태어날 때 너는 혼자 울어도 모든 사람이 기뻐하고, 네가 죽을 때 너 혼자는 울지 않지만, 모든 사람이 우는 그런 사람이 되라."는 말이 기록되어 있었다고 한다.

성경을 보면 여호람왕에 대한 이야기가 나온다. 여호람이라는 사람은 외견상으로 보면 뛰어난 계략가(計略家)일 뿐만 아니라, 성공한 정치가였다. 하지만 그가 40세 젊은 나이로 죽었는데도 아무도 그 죽음을 애도하는 자가 없었다. 그래서 사학자는 "아끼는 자 없이 세상을 떠났다."(역대하 21:20)라고 기록하고 있다. 이 얼마나 불행한 사람인가 말이다.

사실 사람이 죽었을 때 그 사람을 위해 얼마나 많은 사람이 울어주느냐 하는 것도 중요하지만, 분명한 것은 역사의 심판이 뒤따른다는 사실이다. 그리고 『한번 죽는 것은 사람에게 정해진 것이요, 그 후에는 심판이 있으리라.』(히 9:27)고 하신 성경 말씀도 꼭 기억해야 할 것이다.

이렇게 인간은 누구나 홀로 가는 걸음이기 때문에 외롭고 고독한 것이다. 아무리 인생길이 힘이 든다고 해도, 우리가 이 세상에 사는 동안 자기의 삶은 자기가 책임져야 한다는 것을 기억하고, 뱀같이 지혜롭게 이 고난의 인생길을 헤쳐나가야 할 것이다.

혼자 가야 하는 길

그중에 제일은 건강이라?

우리가 어릴 때는 절대 식량 부족한 시절인지라 온통 먹고 살 이야기뿐이었다. 그러다가 중, 고등학교 시절에는 공부 이야기, 그리고 나이가 좀 들면서 직장이나 돈 이야기를 했었다. 그리고 5~60대가 되면서 명예에 관한 이야기들을 했고, 60대를 넘어서면서 입에 침이 마르도록 건강 이야기를 많이 하고 또 들었다. 이 건강 이야기는 나이가 들면 들수록 그 횟수가 더해지고, 농도도 짙어지는 것 같다.

요즘 인터넷이나 스마트폰의 카톡 방에도 건강 정보가 넘쳐난다. 건강해지려면 무슨 음식을 많이 먹어야 하고, 어떤 음식은 먹지 말아야 한다는 둥, 말을 적게 하고 소식(小食)을 해야 한다는 둥, 운동을 많이 해야 한다는 둥, 별의별 정보가 홍수처럼 쏟아지고 있지만, 그것을 다 기억할 수도 없을뿐더러 다 지키기도 어려운 실정이다.

나도 근래에 와서 건강에 관심이 부쩍 많아지는 것을 부인하지 못한다. 건강을 위해서 식사를 조절하면서도, 각종 영양분을 골고루 섭취하려고 노력하고, 운동도 열심히 하려고 애를 쓰며, 건강 검진도 잊지 않고 받는다. 건강 검진을 할 때마다 비만이라고 말하지만, 어떤 통계에 자료에 의하면 마른 사람보다는 약간 비만인 사람이 더 오래 산다는 연구 결과를 보고 위로를 받는다.

그러나 지나고 보면 사람이 건강에 신경을 많이 쓴다고 건강해지거나 장수하는 것도 아니고, 좋다는 약을 입에 달고 산다고 오래 사는 것도 아닌 것을 보고 듣는다. 인간의 노력이나 현대 문명의 덕택으로 수명(壽命)이 다소 늘어난 것을 인정하지 않을 수 없지만, 나는 인명(人命)은 재천(在天)이라는 것을 믿는 사람 중에 하나다.

오늘날 많은 사람이 건강과 장수를 바라고는 있지만 간과하고 있는 것 하나가 있다. 그것은 "사랑"이라고 말하고 싶다. 인간은 태어날 때부터 사랑을 먹고 마시고, 사랑을 주고받고 살다가 사랑을 품고 죽어 가는 것이다. 만약 마음에 사랑이 없으면 그 마음은 물 없는 사막이요 무인도에 유배된 고독한 인생일 것이다.

성경에도 "믿음 소망 사랑 그중에 제일은 사랑이라"는 말씀도 있지만, 인간이 소중하게 여기는 지식과 명예, 권세, 물질, 그리고 건강까지를 포함하는 모든 것 중에 제일은 사랑이라고 말하고 싶다.

사랑의 반대를 미움이라고 할 수 있다면, 그 미움은 시기, 질투, 원망, 불평, 불행을 낳고, 결국 사망에 이르게 한다. 아무리 좋은 음식을 먹고 아무리 좋은 음악을 듣고, 별의별 건강 수칙을 다 지킨다고 해도 마찬가지이다. 그러나 사랑은 감사를 낳고 즐거움과 행복을 낳을 뿐만 아니라, 건강과 생명을 가져다주는 샘물이다.

일찍 그것을 깨달은 레프 톨스토이는 "사람은 사랑하기 위해 태어났다.”고 했다. 그래서 건강과 장수를 원한다면 숭고한 사랑을 하라고 권하고 싶다.

그 대상이 신(神)이나 사람이라면 더 좋겠지만, 동물이나 다른 사물. 또는 일을 사랑하는 것도 좋다. 예를 든다면 자연 사랑이나 취미활동 등등 말이다. 이런 사랑이 마음에 안정과 평화를 가져다줄 뿐만 아니라, 우리가 가장 소중하게 여기는 건강과 장수도 가져다주는 비결이라고 여기기 때문이다.

“이 세상에 태어나 우리가 경험하는 가장 멋진 일은 가족의 사랑을 배우는 것이다.”

- 조지 맥도날드 -

멀리 보라.

얼마 전이다. 눈이 침침해서 한의원을 찾았더니 이것저것 많은 질문을 했다. 책을 많이 읽으십니까? 컴퓨터도 많이 하십니까? 등등이다. 그렇다고 했더니 원장께서 “본래 노안이 되는 것은 가까이 것은 보지 말고 멀리 보라는 하늘의 원리랍니다.”라고 했다. 그리고는 눈 주위에 여러 번 침을 놔 주면서 “여기에 지압하시면 좋습니다.” 하고 친절하게도 가르쳐 주었다.

집으로 오는 길에 “나이가 들면 멀리 보라.”는 말이 뇌리에서 떠나지 않고 맴돌고 있었다. 그렇지! 이 말에 진리가 담겼다. 지금은 좋은 안경과 수술 요법이 발달하여 그렇지 않지만, 옛날 어른들을 보면 잘 안 보인다면서 책을 자꾸 멀리 가져가는 것을 보고 의아해했었다.

그렇다. 나이가 들어서 너무 가까이에 있는 것을 잘 보아도 얄미울 때가 있다. 우리 어머니는 눈이 침침해서 바늘귀도 못 꿰는데, 시어머니이신 할머니가 눈이 밝아서 바늘귀도 척척 꿰고, 밥에 뉘가 있으면 며느리 타박을 하시곤 했다. 눈이 너무 잘 보여서 고부간에 언짢은 경우가 더러 있었다.

노인이 되면 가까운 소리는 가끔 못 듣기도 하고, 가까이에 있는 것은 잘 안 보인다면 잔소리도 덜하게 되고, 그래서 가정이 편하다면 백번 좋은 일이 아니겠는가 말이다. 이것이 하늘의 뜻인 것을……. 그런데 요즘은 보청기라는 것이 나와서 모두가 잘 듣기 때문에 문제가 생길 때도 있는 것 같다.

상거래(商去來)를 하는 것도 마찬가지다. 눈앞의 이익만을 추구하여 속임수를 쓴다든지, 터무니없는 이윤을 남기려 하는 행위는 미래가 밝지 못할 것이 분명하다. 지금 당장에는 큰 이익이 없다고 해도 좀 멀리 내다보고, 물질과 정성을 꾸준하게 투자한다면 분명히 미래가 밝을 것은 불을 보듯 명확한 일이다.

더 나아가서 국가와 정부도 마찬가지다. 예를 든다면 4대강 대운하 사업을 보(洑)라고 속이고 2009년부터 2013년까지 5년간

멀리 보라.

총사업비 22조 2269억 원을 쏟아부었다. 이 22조 원은 기원후 1년부터 2,000여 년 동안 매일 3천만 원씩 쓸 수 있는 돈이다. 멀리 내다보지 못한 근시안적 정책으로 국고의 낭비를 불러왔을 뿐만 아니라, 녹조로 식수마저 위협당하는 재앙을 불러오고 말았다.

그뿐만 아니다. 나도 목사지만 목회자도 마찬가지다. 눈앞에 구체적인 성과를 위해 너무 성급하게 추진했던 일들이, 결국 10년도 못가 낭패가 되고 마는 경우가 허다하다.

유럽의 교회들은 수십 년을 이어 교회당을 건축하는 데 반해, 우리는 수년 내에 그 결과를 보려고 졸속 건축으로 소중한 성도들의 헌금과 인력을 낭비하는 경우가 많아서 하는 말이다. 지도자는 적어도 한 세대는 내다볼 줄 아는 선견자(先見者)요 선지자(先知者)여야 한다는 말이다.

구약의 이사야와 같은 선지자도 그렇지만 미가 선지자는 적어도 400년 앞을 내다보고, 예수께서 유다 베들레헴에서 탄생하실 것을 정확하게 예언하지 않았던가! (미가 5:2) 그 선견적인 안목은 세상을 놀라게 하고 있음을 본다.

이같이 우리는 너무 근시안적인 안목을 가지고 가까운 곳만 보려 하는 데 문제가 있어 보인다. "멀리 보라"는 이 말은 가까이에 있는 티끌을 보지 말고, 멀리 태산을 보라는 말일 것이며, 가까이에 있는 나무만 보지 말고, 저 멀리 펼쳐진 숲을 보라는 말일 게다.

마지막으로 강조하고 싶은 것은 개인적으로도 더 먼 곳을 바라보아야 한다는 것이다. 나이가 들면 의욕도 사라지고, 낙담과 좌절, 그리고 절망이 찾아와 결국 심신의 퇴락을 불러오는 것을 본다. 그러므로 그 존재 여부는 차치물론(且置勿論) 하고서라도 저 멀리 하늘을 바라보아야 한다는 말이다. 저 건너편을 바라볼 때 희망과 삶의 의욕이 생기는 것이기 때문이다. 그렇다. 이제부터라도 멀리 보자. 그것이 오늘을 사는 우리 모두에게 큰 활력소가 될 것이라 믿는다.

두 마리 늑대

옛날부터 인디언 할아버지가 손자에게 들려주는 이야기 중에 두 마리 늑대 이야기가 있다. "애야! 사람의 마음속에는 두 마리의 늑대가 산단다. 한 마리는 악한 늑대이고, 한 마리는 착한 늑대란다. 악한 늑대는 탐욕스럽고 화도 잘 내고, 질투, 분개, 열등의식, 거짓말까지 잘하는 이기적인 늑대이고, 착한 늑대는 친절하고 겸손할 뿐만 아니라, 기쁨, 평화, 이웃사랑까지 잘 실천하는 진실한 늑대란다." 그러자 손자가 하는 말이 "할아버지! 그 두 마리 늑대가 싸우면 누가 이기나요?"하고 물었다. 할아버지의 대답은 "네가 먹이를 주는 늑대가 이긴단다."라고 했다는 것이다.

이 이야기에서 볼 수 있듯이 타락 이후 인간에게는 두 가지 인간성이 공존한다고 하겠다. 인간의 본성에 대하여도 "성선설 (性善說)"도 있고, "성악설(性惡說)"이 있는 것처럼 말이다. 다만 사람이 어떤 늑대에게 먹이를 주느냐에 따라 그 인간성과 그 운명이 달라지는 것이 분명하다.

로버트 스티븐슨의 "지킬 박사와 하이드 씨"에서와 같이, 누구나 사람에게는 두 가지 특성이 있다. 낮에는 지킬 박사였다가 밤이면 하이드 씨로 변하는 사람이 오늘날에도 많이 있다는 사실이다. 악한 늑대에게 먹이를 주면 악한 인간 하이드 씨로 변하게 되지만, 선한 늑대에게 먹이를 주면 지킬 박사가 되는 것이 분명하다.

악한 늑대가 좋아하는 먹이는 거짓과 불순종, 술 취함과 방탕, 음행과 탐욕, 누추함과 어리석은 말, 악독과 노함, 분 냄과 떠드는 것 등, 섞어 냄새나는 것까지 다 잘 먹는 잡식성 동물이다.

어떤 사람은 악한 늑대가 좋아하는 먹이만을 계속 주다가 패가망신하는 것을 우리 주변에서 많이 볼 수 있다. 악한 늑대가 좋아하는 악독과 노함의 먹이를 계속 주다가, 결국 그 마음에 분노가 화산의 용암처럼 분출하여, 우리가 입에 담기도 두려운 희대의 악한(惡漢)이 되기도 하고, 또 어떤 사람은 음욕이라는 먹이를 계속해서 주다가 색마가 되어 여러 사람의 일생을 망치기도 하고, 다른 사람의 평온한 가정을 파괴하고 사회를 어지럽히는 경우를 볼 수 있다.

그렇다면 내가 지금 어떤 늑대에게 어떤 먹이를 주고 있는가는 대단히 중요한 일이다. 그러므로 할 수만 있으면 선한 늑대가 좋아하는 먹이를 주어야 한다. 선한 늑대가 좋아하는 음식은 매우 단순한 것들인데, 한마디로 사랑과 화평, 용서와 칭찬, 시와 찬미와 신령한 노래, 감사하는 말들이라 할 수 있을 것이다. 이것들보다 더 좋은 명약이 또 어디 있겠는가?

우리나라에도 위정자들과 교육가 등 많은 지도급 인사들이 있는데, 그들이 자기의 명성이나 기득권을 지키기 위해 악한 늑대가 더 좋아할 말들만 하고, 악한 늑대가 좋아하는 먹이만 주고 있다는 생각이 들 때가 많다. 평화를 말하기보다는 싸움을 말하고, 사랑을 말하기보다는 노함과 분쟁을 더 가르치는 꼴이 되고 있다는 말이다.

그럼 이제 나 자신은 지금까지 어떤 늑대에게 먹이를 더 많이 주어 왔던가? 하는 생각을 해 본다. 솔직하게 신앙생활을 한다는 나도 항상 그렇지 못했음을 인정하고, 지금부터라도 내 속에 존재하는 선한 늑대에게 사랑과 화해와 용서 등등, 선하고 좋은 먹이를 더 자주 주어서, 인생 끝 날에 좋은 열매가 충만한 생이었으면 하는 바람이 간절하다.

다시 돌아오지 않는 것.

예부터 세상에는 다시 돌아오지 않는 것 세 가지가 있다고 말한다. 첫째는 입 밖으로 나간 말이요. 둘째는 한 번 쏘아버린 화살이며, 셋째는 흘러간 세월이라는 것이다.

그렇다. 입 밖으로 나간 말은 다시 돌아오지 않는다. 한번 해 버리면 다시 담을 수가 없기 때문이다. 실수로 뱉은 말 한마디 때문에 낭패를 당하는 사람들이 의외로 많은 것을 우리 주변에서 얼마든지 볼 수 있다.

오늘 우리들의 사회는 시기, 질투의 말. 낙심과 절망의 언어. 비판과 저주의 말들 때문에 실망과 좌절, 비탄의 한숨이 태풍처럼 회오리치고 있다. 그리하여 싸움과 불목, 반목과 분쟁, 혼란과 무질서의 아우성으로 지금 온 세상은 혼돈 탕이다.

고대 히브리어 중에는 '말한 대로 이루어진다.'는 말이 있다. "할 수 있다" "해 보자" "하면 된다."는 등, 적극적인 말을 하는 사람은 안 될 일도 되고, 반면에, "해서 뭘 해" "하나 마나야" "난 못 해"라고 부정적인 말을 하는 사람은 될 일도 안 되는 것이 진리이다.

성경에도 "여호와께서는 그가 입으로 말한 대로 다 이행할 것이니라."(민수기 30:2)라고 약속하신 말씀이 있다.

그러므로 이제부터는 긍정적인 말. 남에게 용기를 주는 말. 믿음의 말. 꿈과 희망 즉 소망이 담긴 말. 사랑의 말, 축복하는 말을 할 뿐만 아니라, 사람을 살리는 말로 아름다운 꽃을 피우고 소담스런 행복의 열매를 맺어야 하겠다.

그리고 쏘아 버린 화살은 다시 돌아오지 않는다. 시위를 떠난 화살은 거둘 수가 없다. 활의 시위를 당기기 전에 결정해야 한다. 오늘날 많은 사람이 활시위를 당긴 후에 후회하는 사람들이 많은 듯하다. 어쩌자고 일시적인 분을 참지 못하고 사랑하는 가족이나 이웃을 그렇게 쉽게 해친다는 말이며, 잠시의 유혹을 이기지 못하고 강력 범죄를 저질러 일생을 망친단 말인가?

참을 인(忍)자 셋이면 살인도 면한다는 말도 있는데, 잠시의 분노나 욕정을 참지 못하여 일생을 망치고 후회의 삶을 산다는 말인가.

절벽에서 뛰어내리기 전에 한 번 더 생각해야 한다. 절벽에서 뛰어내리고 난 후에는 제2의 기회가 주어지지 않기 때문이다.

마지막으로 흘러간 세월 또한 다시 돌아올 수 없다. 옛말에 "흘러간 물로는 물레방아를 돌릴 수 없다."는 말이 있다. 물론 망구(望九)인 나도 지나온 과거를 되돌아보면 후회스러운 일들이 얼마나 많은지 말로 다 할 수가 없다.

그러나 흘러간 세월은 붙잡을 수 있는 길이 있다. 반성이라는 법정에 서서 지난 세월 동안 무엇을 잃었으며, 또한 무엇을 얻었는가를 스스로 자문해 보는 것이다. 그리하여 얻은 것에 감사하

다시 돌아오지 않는 것.

고, 잃은 것을 반성할 때 세월은 흘러만 간 것이 아니라, 붙잡아 둔 것이 되는 것이다.

우리 인간은 누구나 할 것 없이 유일회적(唯一回的) 존재다. 언젠가는 우리를 이 땅에 보내신 신 앞에 설 터인데, 그때 아뿔싸! 하고 허무하게 살아온 삶을 후회하는 일이 없기를 간절히 바랄 뿐이다.

구불구불 살아라.

미역취라는 식물이 있다. 취나물의 일종인데, 특징이 있다면 바로 곧게 자라지 않고 구불구불 파도치듯 자라는 것이 특징이다. 가지를 치지 않으면 보통 30-60cm 정도 자라며, 잎은 길쭉한 피침 꼴로 서로 어긋나게 난다.

8-9월이 되면 대여섯 송이의 노란 꽃이 피고, 나중엔 털로 뒤덮인 하얀 씨가 사방으로 날아가 퍼진다. 어린잎을 나물로 먹기도 하지만, 감기나 두통, 그리고 목이 아픈데 약으로 쓰기도 한다.

미역취가 똑바로 자라지 않고 구불구불 자라는데도 이유가 있다. 만약 바르게만 자란다면 속이 비어있는 연한 줄기가 비바람에 부러질 수도 있기 때문이다. 그러나 구불구불하게 자라면 여간한 비바람에도 견딜 수 있기 때문이라는 사실이다.

그래서인지는 몰라도 옛 어른들이 시집가는 딸을 앞에 앉혀놓고, "부디 구불구불 살아라."고 하였다고 한다. 물론 그 말은 정직하게 살지 말라는 말이거나, 시류(時流)에 맞추어 살라는 말이 아닐 것이 분명하다. 그러면 왜 그리하였을까?

구불(九不)이란 아홉 가지 아닌 것을 말하기도 하는데, 불안(不安) 불신(不身) 불화(不和) 불손(不遜) 불편(不便) 불초(不肖) 불쾌(不快) 불경(不敬)을 말하는 것이다. 그러나 여기서 말하는 구불이란 눈높이를 낮추라는 굴신(屈身)의 구불이다. 다시 말하면 굽실굽실하며 살라는 말이다. 이는 부드러움을 의미하는 말이며, 겸손을 의미하기도 하고, 시댁의 관습과 전통에 맞추어 살아야 한다는 뜻이기도 하다.

시집살이가 아주 심했던 옛날 관습으로 보면 갓 시집온 며느리, 그것도 열예닐곱 밖에 안 된 여리고 여린 소녀가 고추보다 더 매운 시집살이를 감당하기란 보통 어려운 것이 아니었을 것이 분명하다.
시대의 전통이나 관습도 잘 알지 못하면서 대쪽같이 꼿꼿하다면, 그 시부모님이 어떻게 그 며느리를 좋게 보겠으며, 정을 주겠는가 말이다. 그래서 어린 딸을 시집보내면서 시댁의 생활 습관과 전통에 맞추며 "구불구불 살라."고 하신 것이라 여긴다.
그리고 또 "구불구불"이라고 반복하는 이유는 그 의미를 더욱 강조하는 것이라 하겠다. 이런 의미에서 보면 우리 조상들은 아

25   구불구불 살아라.

주 지혜로웠고 현명했다는 사실이다.

때때로 우리가 산길을 걷다가 보면, 길이 너무 꼬불꼬불하여 야속할 때도 있지만, 그 길을 곧게 만들었다면 가팔라서 올라갈 수 없을 것이 분명하다. 지금 당장에는 성과가 없는 듯하고, 시간 낭비인 듯해도 어떤 일을 만났을 때 한 번 더 생각하고, 한 번 더 숙고한다면 분명히 좋은 길이 열리리라 믿는다.

모난 돌이 정 맞는다는 말이 있는데, 우리가 사회생활을 할 때도 정을 맞지 않으려면 모남이 없이 온유하고 겸손한 삶의 유연성을 가지고 살아야 한다는 당위성을 이야기하는 것이다.

우리 민족이 걸어온 발자취가 그러했고, 인생길 자체가 구불구불하듯이 우리 모두도 구불구불 서로 어울려 유연한 마음가짐으로 살았으면 하는 바람이 간절하다.

좋은 씨를 심으세요.

사람들은 흔히 씨를 뿌린다고 말하지만 나는 씨를 심는다고 말한다. 씨를 뿌린다고 하는 말은 어떤 의미에서 정성이 부족한 것 같은 느낌이기 때문이다. 내가 직접 농사를 지어 보니 더더욱 그렇다. 그리고 씨를 심되 좋은 것만 골라 심어야 한다. 우리 인생도 마찬가지이다. 앞서서 눈길을 걷는 아버지가 곧게 걷는다면 따라가는 자녀도 곧게 가겠지만, 걸음걸이가 갈지(之)자걸음이면 뒤를 따르는 어린 자녀가 어찌 곧게 가겠는가? 인간의 언행심사(言行心思) 기거동작(起居動作) 하나하나가 모두 씨를 심는 행동이다. 어떤 씨를 심느냐에 따라 그 열매가 결정된다. 그럼 좋은 씨를 심을 때 어떤 요소와 조건이 필요한가부터 생각해 보자.

첫째 조건은 시기이다.

보통 벼를 비롯한 다른 씨앗들은 이른 봄에 심어야 하고, 보리는 대개 가을에 심어야 한다. 시기를 놓치고 나면 더는 열매를 기대할 수 없는 것이다. 마찬가지 원리로 인생도 그렇다. 하루의 설계는 새벽에 있고, 일 년의 계획은 봄에 있으며, 일생의 계획은 소년기에 있다고 한 것과 같이, 시기와 때를 놓치면 다시 회복하기 어렵다.

둘째 조건은 정성이다.

씨는 대개 씨앗의 두께에 비해 2-3배 정도 흙을 묻어 주어야 싹이 잘 나는 법이다. 아무리 씨를 많이 심었다고 해도 정성이 부족하면 열매를 기대할 수 없는 것이다.

내가 분재를 열심히 키울 때 일이다. 목회자들이 내게 많이 하는 질문이 있다. "화초가 얼마 되지 않아 죽어 버리는데 어떻게 하면 죽이지 않겠습니까?" 하는 말이다. 그 대답은 한마디로 "관심 부족"이다. 관심도 기울이지 않을 뿐만 아니라, 정성을 기울이지 않기 때문에 화초가 죽는 것이다. 식물은 분명히 인간에게 의사를 전달한다. 조금만 관심을 가지면 모든 식물이 원하는 소리를 들을 수 있는 것이다.

좋은 씨를 심으세요.

셋째 조건은 노력이다.

즉 땀을 흘려야 한다. 땀 흘리기를 싫어하는 사람은 열매를 거두는 기쁨을 누릴 수가 없는 사람이다. 땅은 거짓말을 하지 않는다. 사람이 흘린 땀만큼 소출을 낸다. 그런데 요즘 세대는 땀 흘리기를 싫어하는 것 같다. 일하지 않고도 부정축재(不正蓄財)를 하여 떵떵거리면서 잘 사는 사람들이 많기 때문인지, 일확천금(一攫千金)을 노리는 사람들이 많은 듯하다. 이는 그 개인이나 우리 민족의 장래를 위해서 크게 염려하지 않을 수 없는 일이다.

인생살이에 있어 어떤 씨를 심어야 하는가 하는 문제가 남는다. 물론 필요한 것을 심어야 한다. 콩이 필요한 사람이라면 콩을 심어야 하고, 팥이 필요한 사람이면 팥을 심어야 하는 것처럼, 성공적이고 행복한 인생을 원하는 사람이라면 적어도 다음 서너 가지 씨를 반드시 심어야 할 것이다. 그럼 우리가 심어야 할 좋은 씨는 어떤 것인가?

(1) 믿음의 씨를 심어야 한다.

인생을 하나의 나무에 비긴다면 뿌리는 성실이어야 하고, 줄기가 정직일 때 행복이라는 열매가 맺히는 것이다. 성실이라는 뿌리와 정직이라는 줄기가 없는데 어떻게 행복이라는 열매가 맺히겠는가 말이다.

그러므로 인생은 모름지기 믿음의 씨를 심어야 한다. 믿음은 인생의 삶에 있어 필수적인 요건이라 할 수 있다. 부부관계도 믿음에서 출발하고, 붕우(朋友) 관계나 이웃 관계, 그리고 노사관계도 마찬가지로 믿음이 근간이 되어야 하는 것이다.

믿음은 한자(漢字)로 신(信)인데, 사람인(亻) 변에 말씀 언(言)자이다. 사람은 그 말을 믿을 수 있어야 사람이란 뜻이다. 영수증이 없고, 계약서가 없어도 말 한마디면 그만이어야 한다. 말을 상황 따라 바꾸는 것을 일컬어 식언(食言)이라고 하는데, 식언(食言)하는 사람은 절대 사귀어서는 안 될 사람이라 하겠다. 그러므로 사람은 날마다 믿음이란 씨를 심어야 한다. 아무리 적은 믿음이라도 자꾸만 심어 놓으면 반드시 큰 믿음이 되기 때문이다.

(2) 희망의 씨를 심어야 한다.

우리 기독교에서만 왜 희망이라 하지 않고 소망이라고 하는데, 소망이건 희망이건 간에 영어로 말하면 비전(vision) 곧 희망(hope), 가능성(可能性)을 의미한다고 하겠다. 요즘 젊은이들이 꿈이나 비전 없이 현실에 동화되어 사는 것을 보면 마음이 아프다. 비전(vision) 곧 희망(hope)이 없는 사람은 인간 기생충에 불과하기 때문이다.

성경에 보면 요셉이라는 사람이 장차 형들의 머리가 되겠다는 꿈을 가지고 그 꿈의 실현을 위해 일사각오(一死覺悟)로 삶을 영위했다. 그때 그 열 명의 형들도, 애굽의 바로 왕도, 도도한 나일 강물도 그 꿈을 쓸어버리지 못했다.

물론 그 과정엔 많은 어려움과 고통이 따랐다. 배신도 당했으며, 물 없는 우물 속 절망도 있었고, 생명이 풍전등화(風前燈火) 같은 옥살이도 있었다. 그러나 그 희망(hope) 즉 비전(vision)을 버리지 않을 때, 대 애굽의 총리라는 풍성한 결실을 거둘 수 있었다. 그러므로 풍성한 결실과 행복을 원하는 사람은 누구나 소망 즉 희망의 씨를 심어야 한다.

(3) 사랑의 씨를 심어야 한다.

바람을 심어 평온을 거둘 자 없으며, 시기와 질투를 심고 사랑과 이해를 거둘 자 누구겠는가. 이것은 하늘의 진리요 불변의 법칙이다. 불평과 불만을 심고서야 어떻게 만족을 거둘 수 있겠으며, 허위와 가식을 심고 어떻게 진실을 거둘 수 있겠는가. 지금도 바람을 심어 광풍(狂風)을 거두는 자들이 얼마나 많은지 모른다.

물론 사랑에는 여러 가지가 있다. 그러므로 이성적인 에로스(eros) 사랑도 있고, 이웃사랑과 형제나 부자간의 스톨케(stolke) 사랑, 친구 간의 필리아(phillia) 사랑, 하나님이 인간을 사랑하는 아가페(agapē) 사랑 등등이다. 그 어떤 사랑이건 간에 책임감과 상호 존경, 그리고 이해와 희생정신을 동시에 가져야 한다.

사랑은 마치 식물이 광합성 작용(光合成 作用)을 하는 것처럼 지속성이 있어야 하고, 유익성이 있어야 한다. 사랑은 기쁨이요, 사랑은 꽃이요, 사랑은 향기요, 사랑은 아름다움(美)이다. 그러므로 사랑을 심고 손해 볼일 없지 않겠는가? 일평생 미워하다가 죽을 건가, 아니면 사랑하다가 죽을 것인가를 자신이 결정해야 한다.

(4) 평화의 씨를 심어야 한다.

여기서 말하는 평화는 단순히 전쟁만 없는 상태만 말하는 것이 아니라, 샬롬을 말한다. 지금까지 우리는 로마식 평화, 아니면 힘의 우위를 점령하기 위한 무력증강만을 일삼는 아메리카식 평화를 추구해 왔다. 이는 그릇된 생각이요 그릇된 이념이다. 이렇게 꽃과 벌 나비가 적대관계가 되면 평화의 열매는 기대할 수가 없기 때문이다.

이 샬롬이라는 말은 단순히 평화라는 말이 아니다. 이 말속에는 기원이 있고, 소망이 있고, 축복이 있다. 그리고 이 샬롬의 상태는 꽃이 벌과 나비를 영접하는 공생공존(共生共存)의 상태를 말한다. 정의가 없는 평화는 평화가 아니다. 그래서 성서는 공의를 하수같이 흐르게 하라고 하셨다.

요약하면 믿음이 근간이 된 사회, 비전이 있는 사회, 사랑이 공기가 되는 사회, 공의가 깃든 샬롬이 넘치는 사회를 위해 그 씨를 소중하게 심어 나가야 한다는 말이다.

믿음과 희망과 사랑과 평화의 씨를, 기회를 놓치지 말고 정성스럽게 꾸준히 심어 나가면, 분명히 만족과 기쁨과 행복이 충만한 푸르고 푸른 웰빙(wellbing)의 계절이 오고야 말 것을 믿어 의심치 않는다.

좋은 씨를 심으세요.

행복은 아주 가까운 곳에 있다.

　세계 명작동화 중에 벨기에의 극작가이면서 시인인 마테를링크(Maurice Maeterlinck, 1862~1949)가 쓴 파랑새라는 동화를 누구나 잘 알 것이다.

　이 동화를 보면, 가난한 나무꾼의 아이들인 치르치르와 미치르 남매가 행복을 가져다준다는 파랑새를 찾기 위해 추억의 나라, 밤의 나라, 미래의 나라 등, 환상적인 세계를 두루 여행해 보지만, 그 많은 여행에도 불구하고, 행복을 가져다준다는 파랑새를 찾지 못하고, 결국 지쳐서 집에 돌아와 보니, 그토록 찾던 파랑새는 바로 자기 집에서 기르는 비둘기였다는 내용이다. 이 동화가 전 세계에 널리 퍼지면서 "파랑새"가 행복의 대명사처럼 사용되고 있다.

　이 동화가 우리에게 주고자 하는 교훈은 분명하다. 행복이라는 것은 과거를 추억하는 것도, 현재 밤의 나라를 즐기는 것도, 그리고 미래를 위해 현재를 희생하는 것도 아니라는 것이며, 그리고 먼데 있는 것이 아니라, 아주 가까운 데 있으니, 가까운 데서 찾아야 한다는 것을 잊지 말라는 당부라고 여긴다.

　아직도 많은 사람이 행복의 파랑새가 먼 미래에만 있는 줄 알고, 그 파랑새를 찾으러 산을 넘고 물을 건너며, 수많은 노력을 하는 것을 보곤 한다. 그러나 천신만고 끝에 그 파랑새라는 것을 잡고 보면, 이미 가정이 파괴되었거나, 건강을 잃어버렸거나, 되돌이킬 수 없는 인생의 실패자가 되어 때늦은 후회를 하는 경우를 많이 볼 수 있다. 그러나 가까이서 찾으면 너무나 많은 행복이 오종종하게 맺혀 있음을 발견할 것이다.

어제 감자를 캤다. 감자를 심은 지 두 달 남짓 되었는데도 감자가 많이 달려 수확의 기쁨을 만끽(滿喫)했다. 지난봄에 밭을 갈아 쪼가리 감자를 심었더니, 한 뿌리에 적게는 5~6개, 많게는 열 개도 넘게 달린 것도 있다. 감자를 두세 쪽으로 쪼개서 심은 것을 생각하면, 무려 2~30배의 축복을 안겨 주신 것이다. 이 기쁨은 농사꾼이 아니면 맛볼 수 없는 행복일 것이다.

감자를 다 해 봐야 몇 상자가 안 되기 때문에 돈으로 따지면 몇 푼 안 된다. 그러나 내 손수 농사한 감자를 금방 삶아서 먹는 즐거움이야말로 표현하기 힘든 행복이다.

그뿐 아니다. 밭에서 일하다가 집에 들어와 찬물에다 밥을 말고, 농사지은 고추나 도라지, 더덕을 캐다가 된장에 찍어 먹는 맛은 어디에도 비길 수가 없다. 밭에만 나가면 토마토, 오이, 피망, 가지, 상추, 들깻잎, 호박잎 등 채소가 지천이다. 그래서 우리 집은 반찬 걱정은 별로 안 한다. 그리고 간식도 감자를 비롯하여 제철에 나는 살구나 복숭아, 자두, 오디, 블루베리, 복분자(覆盆子) 등 여러 가지 과일들이 있다. 거기다가 된장찌개에 애호박을 썰어 넣고, 보글보글 끓여 먹는 맛은 바로 행복 그 자체라 여긴다.

오이씨 하나 심으면 수십 개의 오이를 따 먹을 수 있고, 방울토마토 씨 하나에 수백 개의 토마토가 열린다. 나는 단지 씨를 심고 김을 맸을 뿐인데, 하나님이 때를 따라 수십, 수백 배의 복을 주시는 것이니 이 얼마나 감사한 일인가 말이다.

이같이 행복이란 것은 복권에 당첨되거나, 목표한 바를 성취하거나, 무엇을 많이 거둬들여서가 아니다. 돈을 많이 벌어서도 아니다. 성공한 후에 오는 것이 아니다. 비록 적은 양(量)이라 해도 하늘이 내려 주시는 축복이라는 사실이다. 그리고 그 행복은 저 멀리 있는 것이 아니고, 가까이에 있다는 것을 생각하면 감사의 눈물이 맺힌다.

지극히 일상적인 것, 그리고 지극히 작은 일에서 감사를 찾고, 지극히 가까운 데서 찾을 때, 바로 그 행복은 자기 마음속에 이미 와 있을 것이며, 내실과 밥상머리에 있다는 것을 잊지 말 일이다. 그리하여, 우리 모든 국민의 행복지수가 지금보다 더욱더 높아지면 얼마나 좋을까 하는 생각을 해 본다.

제자리를 지켜라.

누구에게나 자기가 처한 제자리라는 게 있다. 대통령은 대통령이라는 자리에 있고, 장관은 장관이라는 자리가 있으며, 동시에 가정에서도 어머니는 어머니의 자리가 있고 아버지는 아버지의 자리가 있으며, 자녀는 자녀로서 있어야 하는 자리가 있다.

　문제는 자기가 머물러야 하는 자리에서 이탈할 때 여러 가지 문제가 발생하는 것이다. 대통령이 마땅히 있어야 하는 자리, 아내나 남편의 자리, 부모로서의 자리와 자녀로서의 자리를 이탈하거나, 학생이 학생의 자리, 선생이 선생의 자리를 벗어날 때 문제가 생기는 것이다. 마찬가지로 군인도 그가 처한 자리에서의 이탈이 바로 문제로 이어져서 탈영병이 되기도 하고, 관심 병사가 되기도 하는 것이며, 국방에 지대한 영향을 끼치기도 하는 것이다.

　사람이 자기 자리에 대한 소중함을 망각하거나, 안일에 빠지거나, 타성에 젖을 때, 태만해지기 쉬운 것이다. 그러나 그것이 얼마나 큰 불행을 초래하는지 세월호 사건이 명백하게 보여 주는 것이다. 선장이 그 자리의 소중함이나, 대통령이 그 자리의 소중함을 망각하였기 때문에 수백 명이 생명을 잃었기에 하는 말이다.

　성경 누가복음에 보면 집을 나간 아들의 비유가 있는데, 둘째 아들은 아버지의 명을 거역하고, 자기의 자리를 이탈하여 외국으로 나가고 말았다. 자기 자리를 이탈할 때 여러 가지 문제가 생기는 것을 볼 수 있는데, 그에게 곤핍(困乏)이 찾아와 결국은 돼지와 동거하는 동물의 세계로 전락하고 말았다. 그 원인이 바로 자기 집에서 아들의 위치를 포기하였기 때문이라는 사실이다. 이것을 깨달은 둘째 아들이, 다시 제자리를 찾아 돌아올 때 비로소 자기는 물론 모든 구성원이 평안과 기쁨을 누릴 수 있었다는 사실이다.

　제자리를 지켜라.

인간은 본래 하나님의 집에서 아들딸의 위치에 있었지만, 그것을 포기하고 하나님의 품을 떠났기 때문에 죄와 악의 소용돌이 속에서 헤매고 있다는 것을 예화로 표현한 것이리라 여긴다. 자기가 자기의 자리를 떠났다는 것을 아는 순간부터 할 수만 있으면 빠르게 원위치하여 자리로 돌아가는 궤도 수정이 필요하다 하겠다.

이러한 사실을 깨닫고 다시 하나님의 자녀 위치를 회복하는 것을 우리 기독교에서는 회개라고 말한다. 이러한 회개야말로 더할 수 없는 기쁨이요, 즐거움이기 때문에 탕자의 아버지로서는 잔치를 베풀지 않을 수 없었을 것이다.

그러나 자기 자리를 지키지 못했음에도 불구하고, 그 사실을 덮으려고만 하거나, 숨기려고만 하고 있다면 더 큰 화를 불러올 수 있을 것은 불을 보듯 명확한 일이다. 성서는 있어야 할 자리를 이탈하였기 때문에 사탄이 된 천사도 있다고 말씀한다. 그 결과는 그 인격이 동물과 악마의 세계로까지 전락하고 만다는 사실이다.

이같이 인간은 본래적인 하나님의 형상을 잃어버리고, 비 본래적인 자아를 지니게 되므로 인하여 형벌 아래 놓이게 되었기 때문에, 돌이켜 본래적인 자아를 회복하는 것만이 우리가 행복을 누리는 길이며, 이 길만이 영광과 참 생명으로 통하는 길이라는 것을 명심해야 할 것이다.

잘사는 것과 바르게 사는 것

　많은 사람이 잘 살기를 바란다. 그럼 잘 산다는 것이 어떤 것인 지 생각하지 않을 수 없다. 잘 산다는 것은 "개 같은 짓을 해서라 도 돈을 많이 벌어서 잘 먹고, 잘 쓰고, 잘 놀며, 타인의 간섭 없이 제멋대로 사는 것"이라 할 수 있을 것이다.

　이렇게 볼 때 잘 산다는 말에는 물질적인 부요와 육체적인 만 족이라는 요소가 다분히 포함되어 있다고 하겠다. 우리는 그동 안 잘 살기 위해 미친 듯이 달려왔다. 그래서 어느 정도 부를 축 적한 것도 사실이다.

　우리나라가 과거 일제 강점기나 해방 전후에 비하면 얼마나 잘 살고 있는지 그때에는 상상도 할 수 없을 만큼 잘살고 있다고 하 겠다. 이제 우리나라는 세계 제10위 경제 대국에 도달했다. 그렇 다면 배부른 돼지와 같은 삶이 인간에게 얼마나 만족을 줄 수 있 을 것인가 하는 문제이다.

　우리나라의 교육이 문제다. 지금까지 우리나라 교육은 잘 사는 법만을 강조 해왔다. 남을 짓밟고라도 1등 하는 것을 가르쳐 왔 다. 남이야 어떻게 되던 나만 잘살면 된다는 사고방식과 그에 따 른 1등 교육은 세월호와 같은 참사를 가져오고 만 것 아닐까 하는 생각이다. 세월호 선장은 아무도 움직이지 말고 기다리라는 명령 을 해놓고, 자기가 제일 먼저 탈출하였다. 오늘의 우리 기성세대들이 지금까지 그러한 1등 교육을 한 결과가 아닌가 묻고 싶다.

인간은 육체만으로 이루어진 동물이 아니다. 동물과 달리 영혼(靈魂)이 있는 동물이다. 그래서 만물의 영장이다. 물질적이고 육체적인 만족만 위한다면 동물이지 인간은 아니다. 그러므로 만물의 영장인 인간이라면 잘살기보다는 바르게 잘 살아야 한다.

그럼 바르게 잘 사는 것이란 어떤 것인가? 자신의 욕망을 제어하고 자기를 통제하며 이웃과 더불어 사는 것이 바르게 사는 것이라 할 수 있을 것이다. 이렇게 사는 것이 가치(價値)있는 보람된 삶이라 여긴다.

바르게 산다는 말속에는 형이상학적 의미가 다분히 포함된 말이라 할 수 있다. 무저갱과 같은 욕망을 제어하지 못한다면 방종한 삶을 살 수 밖에 없고, 그렇다면 그는 이미 인간이기를 포기한 사람이라 하겠다.

영국 해군 수송선 버큰헤드호 침몰 사건은 우리에게 큰 교훈을 준다. 1852년 영국 해군 수송선 버큰헤드호가 승조원과 가족 모두 630명을 태우고 항해를 하고 있었다. 그중에 130명은 부녀자와 아이들이었다. 항해 중에 배가 암초에 좌초되어 가라앉기 시작했다. 구명보트가 있기는 했으나 세 척뿐, 한 척에 60명이 정원이었다. 부녀자들을 먼저 구명보트에 태우고 나니, 아직도 자리가 조금 남아 있었다. 그때 함장 시드니 세튼 대령은 군사들을 갑판 위로 집합시켰다.

"진정한 군인은 내 말을 들어라! 너희들이 바다에 뛰어내려 저

보트에 올라타면 대혼란이 일어나고 보트는 뒤집힌다. 우리는 국민을 지켜야 할 군인이다. 지금 그 자리를 꼼짝 말고 지켜라! 전부대 차렷 경례"라고 명령했다.

함장 이하 전 장병들은 민간인이 탄 보트가 군함을 지나 시야에서 사라질 때까지 거수경례를 올린 채 그 자리에 서 있었다. 472명의 군인 중 누구 하나도 보트의 빈자리를 향해 뛰어내리지 않았다. 영국 해군의 명예를 지킨 채 마지막 축포를 쏘며 그들은 장렬히 순직(殉職)하였다고 한다.

우리 인간은 동물이긴 하되 사회적 동물이다. 그러기 때문에 자기의 욕망을 통제하고 이웃과 더불어 사는 삶이야말로 바르게 사는 것이고, 여기에 비로소 삶의 가치가 있는 것이다.

소 잃고 외양간 고친다는 말이 있다. 하지만 소 잃고라도 외양간은 고쳐야 한다. 소를 잃고도 외양간을 고치지 않으면 또다시 그 일이 반복되기 때문이다.

이제 우리나라도 국민소득을 높이고 잘 사는 것만 추구할 것이 아니라, 바르게 사는 방법을 후대(後代)에 교육하고 열심히 추구해야 할 일임을 천명하는 바이다.

그래! 자네 꿈은 무엇인가?

몇 년 전의 일이다. 병원에 입원 중인 성도를 심방하고 택시를 타고 집으로 오는 중이었다. 운전기사 아저씨가 씩씩거리며 하는 말이 "참으로 세상은 불공평하고 도적놈들이 많은 세상"이라고 불평을 늘어놓았다.

왜 그렇게 생각하십니까? 하고 물었더니 술술 얘기를 꺼냈다. 제일 먼저 의사, 약사들을 예로 들면서, "이해하시고 들으십시오. 의사, 약사들이 병원이나 약국을 개업하면서 무엇을 바라겠느냐? 의사는 많은 사람이 병이 나서 병원을 자주 찾아와 돈이 벌리기를 바라고, 약국은 더 많은 환자가 생겨 약을 사가서 돈을 많이 벌기를 바라지 않겠느냐."라는 것이다.

다음으로 차량 정비사 즉 카-센터를 예로 들었다. "정비사들은 많은 차가 고장이나 사고가 나서 자기가 잘되기를 바란다."는 것이다. "아, 그렇군요!" 하고 고개를 끄덕였더니, 이번에는 장의사를 들먹였다. "제가 얘기 안 해도 이해가 될 것입니다만, 장의사들은 매일 죽는 사람이 많아져서, 자신의 사업이 잘되기를 바라는 것 아니겠습니까?" 하고 말이다.

그래서 내가 물었다. 아저씨! 모든 사람이 그런 마음의 숨은 소원을 지니고 산다면 운전하시는 기사 선생님은 어떻습니까?라고 했더니, 기다렸다는 듯이 얘기를 꺼냈다. 세상에서 운전하는 자기들이 가장 깨끗하다는 지론이다. 차를 사서 개업할 때에는 사고 나지 않고, 바쁜 시민들 안전하고 평안하게 목적지까지 잘 모셔다드리기를 바라는 마음으로 시작한다는 것이다. "그렇다고 바가지요금을 받을 수 있나요? 미터기에 나오는 요금만 받으니, 직업 중에 가장 정직한 직업이 바로 운전기사"라는 것이다.

이 운전기사는 병원이나 약사, 그리고 카-센터의 부정적인 면만 보았지 긍정적인 면을 보지 못한 것이라는 생각을 했지만, 그 운전기사의 얘기를 들으면서 나도 많은 생각을 해 보았다. 많은 사람이 저마다 땀을 흘리며 수고하면서 바쁘게 살아가는데, 그들은 모두 무엇을 위하여 살아갈까? 그들의 마음속에도 소원과 목적이 있을 것이고, 그것을 이루기 위하여 열심히 일할 것인데, 그렇다면 나의 소원과 목적은 과연 무엇인가? 라는 생각을 하면서 깊은 사색에 잠긴 적이 있었다.

오늘날 많은 사람이 우선 먹기는 곶감이 달다는 말처럼 내일을 생각지 않을 뿐만 아니라, 수단과 방법을 가리지 않고 돈만 많이 벌면 된다는 생각에 사로잡혀 사는 사람들이 많은 듯하다. 요즘 젊은이들의 모습을 보면 더더욱 그렇다.

얼마 전에 어떤 교수님께 들은 이야기이지만, 교수님이 버스를 타고 가는데, 앞자리에 젊은 청년 두 사람이 대화를 나누고 있었다고 한다. 그중 한 사람이 옆에 있는 친구에게 물었다. "자네는 지금 가장 하고 싶은 일이 무엇인가?"하고 물었더니, 그 친구가 대답하기를 "나는 술이나 잔뜩 먹고 천길 절벽에서 뚝 떨어져 죽었으면 좋겠다."라고 대답하였다는 것이다. 얼마나 절망적인 말인가?

사람이라면 마땅히 꿈과 희망을 간직하고 살아야 할 것이고, 남이야 죽든 살든 나만 좋으면 된다는 그런 꿈과 희망이 아니라, 이왕이면 나도 좋고 남에게도 유익을 주는 꿈이나 목적이면 금상첨화가 아니겠는가 하는 생각을 해 본다.

내가 영위하는 일도 남이 망해야 내가 잘되는 그런 일이 아니고, 직업도 남이 죽어야 내가 사는 그러한 직업이 아니라, 서로가 어느 쪽에서도 서로에게 비난받지 않을 수 있고, 쌍방이 모두 다 만족하며, 서로가 윈윈(win-win)하는 그러한 것이었으면 하는 바람이 간절하다. 그리하여, 보다 더 아름다운 인간관계가 형성되고, 우리 사회가 더욱더 성숙한 사회가 되면 얼마나 좋을까 하는 생각을 해 본다.

A. 세월을 사들여라.   42

B. 격세지감(隔世之感)

격세지감(隔世之感)

우리나라가 세계적으로 1위를 하는 것들이 참 많은 것 같다. 경쟁 사회에서 1위를 하는 것이 많을수록 좋은 일 아니냐고 말할 사람도 있겠지만, 좋지 못한 것까지 1위라면 재고해야 할 일이라 여긴다.

통계라는 것은 상황에 따라 달라지기 때문에 근래에 다소 바뀐 것도 있겠지만, 대동소이하리라 믿는다. 우리나라가 OECD 국가 중에서 좋은 것으로 1위를 하는 것들이 참 많다.

반도체 생산량, 선박 건조율, 최고의 IT 국가(초고속 인터넷 가입자 수 세계 최고), 컴퓨터 보급률, 휴대폰 보급과 성장률, 학부모 교육열. 학위 취득 비율, 우수한 문자 사용국. 인쇄문화 보유국. 우수한 두뇌를 갖춘 민족국가(전 세계 국가 대상 IQ 통계 1위). 우수한 음식문화. 고인돌 최다 보유국. 전쟁의 폐허(6.25)에서 가장 빠른 경제성장을 이룬 나라. 가장 빨리 민주화를 이룬 나라. 족보가 가장 잘 발달하여 있는 나라. 왕실 전통음악(종묘제례악)이 가장 잘 보존된 나라. 불교철학과 유교, 그리고 그리스도교 문화가 꽃피운 나라. 다종교 국가이면서 큰 대립 없이 공존하고 있는 나라. 규모가 큰 세계적인 교회 1위~10위가 존재하는 나라 등등이다.

그러나 반면에 좋지 않은 것 중에서 1위를 하는 것들이 얼마나 많은지 모른다. 해외입양 1위, 청소년 흡연율 1위(여자 1위. 남자 2위) 주당 노동시간, 15세 이상 술 소비량. 간암 사망률, 가장 낮은 최저임금. 저임금 노동자 비율. 학업 시간, 청소년 행복지수가 가장 낮은 나라. 이혼 증가율(이혼율 3위) 자살률. 결핵 환자 발생 및 사망률. 교통사고 사망률. 온실가스 배출 증가율. 노령화 지수. 국가 채무 증가율. 노인 빈곤율. 산업재해 사망률. 남녀 임금 격차. 당뇨, 간 질환, 대장암, 심근경색 사망률과 증가율. 출산율 제일 낮은 국가. 근무시간 가장 긴 나라. 상 하위 소득 격차. 성형수술(17%), 낙태율 세계 1위(매년 100만 건 이상 발생). 국공립대 등록금 비싼 순위 2위. 성범죄 발생국 2위. 뇌물 공여지수 2위, 표현의 자유 안 되는 순위 3위 등이다. 동방예의지국이었던 나라가 왜 이 지경이 되었을까?

얼마 전 어쩌다가 TV에서 대담 프로그램을 보았다. 결혼생활을 주제로 한 프로그램인 것 같았다. 여러 가지 이야기를 하는 중에 늙은이로서는 한 번도 들어보지 못한 단어들을 쏟아내는 것이었다. 별거(別居), 이혼(離婚), 졸혼(卒婚) 등등의 이야기들이었다. 별거도 이해할 수 있고, 이혼도 이해가 되지만, 졸혼(卒婚)이라는 말은 이해 불가능이었다.

알고 보니 졸혼(卒婚)이란 것은 일정 기간 별거를 하면서 서로가 서로에게 자유로워지는 것이란다. 그리고 대담자들도 이 졸혼(卒婚)이 바람직하다는 논조였고, 지금 많은 사람이 이 방법을 선호한다는 취지였다.

부부가 일정 기간 별거를 하며 서로에게 자유를 준다는 것은 어떤 의미일까? 내 나름대로 견해는 그 기간에 있을 수 있는 서로 간의 불륜도 용납하고 허용한다는 의미로도 들리고, 상대에게나 자기에게 불륜을 저지를 수 있는 자유를 주고, 또 얻는 기간이 아닐까 하는 뉘앙스(nuance)가 풍기는 내용이었다. 이런 대담을 공영방송에서 공공연하게 하는 것 자체가 부적절한 것이라 여긴다. 그뿐만 아니라 요즘 드라마를 보아도 상상을 초월하는 막장 드라마가 우후죽순같이 생겨나 공공연히 방영되고 있다.

옛날에는 딸을 시집보내면서 "출가외인(出嫁外人)"이라는 말을 수없이 되풀이하며, 되 짜듯 말 짜듯 가르쳤다. 그 집 귀신이 되라고도 가르쳤는데, 요즘 세상을 보니 세상 참 이상하게 돌아간다는 생각을 떨칠 수가 없다. 격세지감(隔世之感)에 분노를 이기지 못해 붓을 꺾고 싶은 심정이다.

이런 현실이 나라와 민족의 장래를 불확실하게 하는 원인이 아니고 무엇이겠는가? 이런 사고방식의 결과가 바로 성범죄 발생국 최상위, 이혼 증가율 1위, 이혼율 3위라는 낯 뜨거운 나라

45　　　　　格世之感(隔世之感)

가 된 것이 아니고 무엇이겠는가! 나라의 운명을 쥐고 있다고 해도 지나친 말이 아닌 방송 제작자와 방송 매체의 각성이 시급하다 하겠다.

아! 대한민국아! 이 일을 어찌하면 좋을꼬!

참 좋은 세상이야!

옛날 우리가 어릴 때는 잔병치레를 많이 했었다. 장질부사나 홍역 같은 무서운 돌림병도 많았지만, 말라리아나 속앓이, 그리고 눈병과 같은 안과 질환도 많았다. 지금이라면 병원에 한두 번 가면 나을 병이지만, 그냥 내버려두었으니 앓는 기간이 여간 긴 것이 아니었다.

홍역 이야기가 나와서 말이지만 홍역이 동리를 한 번 스치고 지나가면, 이 집 저 집에서 곡소리가 나곤 했다. 그래서 돌이 지나도록 출생신고를 하지 않다가, 홍역 같은 돌림병이 지나가고 나면 그제야 출생신고를 하는 경우도 많았다.

다른 동네는 잘 모르지만, 우리 동네는 홍역을 앓다가 죽은 아기들을 바로 매장을 하지 않고 수장(樹葬)을 지냈다. 초등학교 옆 언덕에 아름드리 되는 참나무가 많이 있었는데, 그 참나무에 아기 시신을 천으로 싸서 올려놓은 것을 자주 보곤 했다. 그러다가 얼마 후 땅에다가 묻었는지 보이지 않았다.

　나는 어릴 때 특히 눈병을 많이 앓았다. 병원에 갈 엄두도 내지
못하고 아무리 아파도 자연적으로 치료되기만을 기다려야 했다.
항상 눈곱을 주절주절 매달고 살았다.
　눈병을 앓게 되면 할머니께서 나를 데리고 부엌 앞으로 가서,
해가 돋는 것을 지켜보시다가, 해가 솟아오르면 그 해를 보고 바
로 서게 하신 다음, 조왕신께 두 손을 모아 비신다. "우리 손자 낙
원이가 눈병에 걸렸습니다. 조왕신이시여! 제발 이 눈병을 거두
어 가 주소서"하고 말이다.

　그다음 부엌칼을 가지고 오셔서 내가 선 자리에 표를 하고 나를
물러서게 한 다음, 그 자리를 칼끝으로 이물질이 나올 때까지 땅
을 판다. 그러면 거기서 십중팔구는 숯검정이 나오거나 다른 이
물질이 나온다. 그 이물질을 제거하신 다음에 내 눈병이 다 나았
음을 선포하신다. 그러면 확실히 기분이 좋아지곤 했다.

　또 다른 눈병이 있는데 눈 다래끼[안검염](眼瞼炎)이다. 눈에
다래끼가 생기면 먼저 속눈썹을 몇 개 뽑아서 그것을 가지고 한
길로 나가신다. 사람이 많이 다니는 길에 납작한 돌로 고인돌처
럼 비석을 세우고, 그 속에 눈썹을 넣어 둔다. 만약 다른 사람이
길을 가다가 그 비석을 밟으면, 나는 눈병이 낫고, 그 사람은 눈
병이 걸린다는 것이다. 그래서 눈병이 곧 나았던 기억은 없지만,
이런 처방들이 암시 효과나 최면 작용이 있었던지 아픈 것이 다
소 감소했던 것으로 기억한다.

　참 좋은 세상이야!

며칠 전이다. 내가 백내장 수술을 했는데 젊은이 못지않게 먼 곳까지 잘 보인다. 그래도 치료차 안과에 들렀더니, 어쩌면 그렇게 사람이 많은지 두세 시간가량 걸려 치료를 마칠 수 있었다. 대기실에서 할 일 없이 핸드폰만 들여다보고 있는데, 양손을 앞으로 가지런히 하고 수건으로 손목을 가린 한 사람을 데리고 교도관 두 사람이 안과를 찾아온 것이다.

수갑을 차고 있는 것을 보니 틀림없이 죄수인 모양이다. 무슨 죄를 지었는지는 모르지만, 죄인이 되는 것은 그리 먼 곳에 있는 것이 아니라는 생각을 했다. 죄를 작정하고 지을 수도 있지만, 대수롭지 않게 말다툼이나 장난으로 시작했던 것이 큰 범죄로 이어지는 경우가 있기 때문이다.

우리가 어릴 때 더러 했던, 콩서리, 과일서리, 닭서리 등은 그때는 장난이었지만, 지금 생각하면 수갑을 차야 하는 죄이기 때문이다. 그러므로 누구나 예비 죄수일 수 있다는 것을 알아야 하겠다.

국가가 경제적인 부담을 하면서 죄수 한 사람을 치료하기 위해 교도관 두 사람을 동행시키며 안과 치료까지 해 주는 것을 보아도 그렇고, 여든이 가까운 늙은이 눈도 환하게 밝혀주는 것을 보니, 참 좋은 세상이구나 하는 생각을 하지 않을 수 없다.

오래전에 들은 이야기지마는 유럽의 어떤 국가에서는 "우리 교도소엔 죄수가 한 사람도 없다."는 것을 알리기 위해, 교도소 정문에 흰 깃발을 꽂았다는 것이다. 우리나라에도 전국적으로

36개의 교도소와 14개의 구치소, 그리고 육군 교도소와 민영교도소를 합하면 52개의 교도소가 있다고 들었다. 앞으로 세 개의 교도소가 더 개소한다고 하니 그러면 55개의 교정 시설이 되는 셈이다. 거기에 수용된 사람이 6만여 명에 이르고 자꾸만 늘어나는 추세라고 한다.

이제 우리나라도 좀 더 밝고 맑고 깨끗한 나라가 되어, 55개의 교정 시설에 죄수가 한 사람도 없음을 알리는 흰 깃발이 올라가는 날이 속히 왔으면 얼마나 좋을까 하는 생각을 해 본다.

쌍까풀 수술 이야기

며칠 전의 일이다. 딸 셋이 아내와 무슨 공작이라도 하듯 수군거리는 것이 보였다. 뭣 때문인지 짐작은 하지만, 아내와 딸들이 하는 일에 간섭하는 것이 뭣해서 모르는 척하고 가만히 있었더니 일을 저지르고 말았다.

언제부터 아내가 눈꺼풀이 처진다고 이야기하는 것을 듣긴 들었지만, 내가 보기에는 수술할 만큼은 아니었기 때문에 잠자코 있었더니, 딸들이 제 어미를 데리고 대구에 갔다가 돌아왔는데, 색안경을 쓰고 돌아왔다. 눈이 퉁퉁 부어 있었고 얼음찜질을 해야 한다면서 안대를 하고 자리에 누워서 아프다고 쩔쩔매는 것이 아니겠는가.

눈치는 채고 있었지만 내 주머니에서 돈이 나가는 것도 아니어서 그 어떤 내색도 하지 않았다. 그것도 그럴 것이 하루 밤, 세끼를 다 공양받는 삼식(三食)이 처지니 내 기분을 누를 수밖에 더 있겠는가 말이다. 내 속으로만 "다 늙어서 왜 이런 고생을 사서 하는지 알다가도 모르겠네."라고 하면서 말이다.

웃기는 이야기지마는 우리나라 여인네들은 하도 더운 것을 좋아해서 열 가마나 뜨거운 찜질방에 가서도 "시원하다"를 연발하니, 염라대왕이 노여워 지옥을 더 뜨겁게 리모델링하고 있다는 것이다.

그리고 요즘 여인들이 하루가 멀다고 그 형색을 바꾸니 염라대왕도 헷갈려 "네가 누구냐?"라고 묻는다고 하지 않던가? 이제는 눈은 물론, 코도 뜯어고치고, 얼굴형도 갸름한 계란형으로 만들고, 이마의 자글자글한 주름도 펴고, 머리에는 별의별 색깔로 물감칠을 하고, 키도 10cm 정도는 컸다가 줄었다가 하니, 염라대왕도 헷갈린다는 말이 맞는지도 모르겠다.

얼마 전에 어디에서 본 사건인데, 두 부부가 결혼하여 아기자기하게 잘 살았다고 한다. 얼마 후에 아기를 낳았는데, 얼마나 못생겼는지 도대체 누구를 닮은 것인가를 가지고 부부 싸움을 하곤 했단다. 알고 보니 그 부인이 처녀 시절에 대대적인 리모델링을 했다는 것이 밝혀진 것이다. 그래서 그 부부는 부부 싸움 끝에 이혼하고 말았다는 웃지 못할 이야기이다.

요즘은 딸을 결혼시키려고 하면 먼저 성형외과에 가서 견적을 뽑아야 한단다. 적게는 기백만 원으로 끝나지만, 어떤 사람은 억대의 견적이 나온다니 이게 무슨 날벼락인가 말이다. 당사자가 아니어서 잘 모르겠지만, 그 남자는 결국 속아서 결혼한 것이 아니겠는가 말이다. 늙은이로서는 도저히 이해가 안 되는 부분이지만, 세대가 그러니 어찌하겠는가.

우리나라가 어느새 성형 천국이 되어, 중국을 비롯한 동남아 등지에서 성형 관광을 오곤 한다니, 기뻐해야 할 일인지 슬퍼해야 할 일인지 모르겠다.

아내 눈 치료 때문에 성형외과에 두어 번 가 보았는데, 내가 병원에 있는 두세 시간 동안에도 십수 명이나 다녀가는 것을 보았다. 보아하니 한 공장에서 나온 작품이라 천편일률(千篇一律)적이 아닐까 하는 생각이 든다. 사람은 누구나 개성미가 있고 또 있어야 한다. 그 개성을 살리려고 노력해야 하는데 자꾸만 서양 사람을 닮으려고 애쓰고 있으니 한심하기 짝이 없는 노릇이다.

누구이든 간에 미를 추구한다는 것은 결코 나쁜 일이 아니다. 신이 인간에게 심미감(審美感))을 주셨기 때문이다. 하지만 지나치다는 것이 문제이다. '물질만능주의'에 편승하여 '외모지상주의'가 극에 달하고 있어 하는 말이다.

인간의 아름다움은 꼭 외모에만 있는 것이 아니다. 사람의 아름다움은 내적으로 꽉 차 있을 때 참 인간다운 향기가 나는 법이다. 외모는 아름다우나 속이 비어 있다면 "골 빈 인간"이라 할 수 있고, 속 빈 양철통에 불과한 것이기 때문이다.

쌍까풀 수술 이야기

인간은 지성(知性) 감정(感情) 의지(意志)라는 세 가지 심적 요소인 지정의(知情意)가 있어서, 외모만 아름답다고 인간의 심미감이 충족되는 것이 아니라는 말이다. 외모는 좀 못생겨도 지성(知性)미, 예절(禮節)미, 순결(純潔)미, 영성(靈性)미(이런 말들이 타당한지는 모르지만) 등 아름다운 것이 얼마나 많은지 모르는 데 말이다. 요즘 사람들이 세상의 잘못된 굴레에 갇혀 진정한 아름다움을 보지 못하는 것이 안타까울 뿐이다.

일찍이 톨스토이는 "진심으로 사람을 사랑하는 것은 그 사람의 외모나 조건 때문이 아니다. 그에게서 나와 똑같은 영혼을 알아보았기에 사랑하는 것이다."라는 말을 했다. 급속도로 성형 천국이 되어가는 이 마당에서 우리가 모두 이 말을 다시 음미해 보아야 할 시점인 것 같다.

식사예절을 말한다.

사람의 됨됨이와 그 인격이 가장 잘 나타나는 때가 사람의 식사 때라 여긴다. 말씨도 그렇지만 식사예절을 보면 그 사람과 그 나라의 문화 수준을 알 수 있는 중요한 척도가 되기 때문이다.

몇 년 전 일이다. 관광차 중국에 가서 어떤 4성(星)급 호텔에 묵었는데, 같은 호텔에 중국 사람들이 많았다. 식사는 뷔페식이었는데, 식사 시간만 되면 자리 차지하기와 음식 갖다 나르기 전쟁이 벌어지곤 했다.

중국 사람들이라고 다 그런 것은 아니겠지만, 다수의 사람이 앞다투어 음식을 가져다가 식탁에 쌓아 놓고 먹다가 태반이나 남기고 가는 것을 보았다.

하지만 한국 사람들도 좋지 못한 행태를 보이는 사람들도 있었다. 어떤 중년 여성이 자기 딸과 함께 여행을 왔는데, 그 어머니가 딸에게 먹이려고 접시에 음식들을 담아 나르기 시작하더니, 그 소중한 음식을 그대로 남기고 자리를 뜨는 것이었다. 과연 그 딸이 그 엄마에게서 무엇을 배울까 하는 걱정이 앞섰다.

제가 오늘 식사예절에 대해서 말하려고 하는 것은, 내가 식사예절의 공부를 따로 했거나 전문가라서가 아니다. 나도 옛날 부모님으로부터 받은 밥상머리 교육을 기초로 한 지극히 상식적인 수준일 뿐이다. 하지만 도저히 눈 뜨고는 볼 수 없는 것들이 있어 언급하지 않을 수 없어서다.

요즘 TV프로그램에서도 공공연히 방영되었지만, 자기가 먹던 숟가락으로 다른 사람에게 음식을 먹여주는 것을 자주 본다. 외국 사람들도 친구끼리 서로 먹여주는 것을 보았다. 이런 행동은 사랑하는 부부간에야 그럴 수 있다고 쳐도, 이런 것을 보는 어린이들이나 시청자가 당연한 것으로 받아들일까 봐 걱정이다.

우리나라의 밥상 문화는 된장이나 물김치 같은 것을 큰 그릇에 담아 놓고 온 식구가 숟가락으로 함께 퍼먹는 것을 예사로 여겼다. 하지만 이런 관습도 바꿔야 한다. 앞 접시를 사용하는 것을 생활화해야 한다는 말이다. 그리고 어떤 사람은 젓가락으로 반찬을 이것저것 집어 보거나, 휘저어 놓는 것을 보는데, 자기 침이 묻은 것을 왜 다른 사람이 먹을 음식에 묻혀 놓는지 모르겠다.

식당에서 식사하는 사람 중에도 예의에 벗어나는 행동을 하는 사람들이 아직도 더러 보인다. 너무 허리를 굽히고 음식을 허겁지겁 끌어넣거나, 한입에 너무 많은 음식을 투입하여 우걱우걱 씹는 모습을 다른 사람에게까지 보이는 행동은 꼴불견이다.

옛날엔 식불언(食 不言)이라고 하여 식사 때는 말을 하지 않는 것이 예의였지만, 이제는 시대가 달라졌다. 가족끼리라도 식사 때가 아니면 달리 대화를 할 기회가 없기 때문이다. 그러나 공공장소에서 다른 사람들이 다 들리도록 큰소리로 대화를 하거나 큰소리로 웃는 행위는 볼썽사나운 짓이다.

또 식사를 마치고 후식을 먹을 때 손가락으로 수박씨를 파내거나, 젓가락으로 이를 쑤시는 것을 보기도 하는데, 정말 이해 못할 꼴불견이요 나라 망신이다. 사람의 손이라는 것은 인체 중에서 가장 불결한 곳 중의 하나다. 아무리 손을 씻었다고 해도 악수한 번이면 더러워질 수 있고, 물건 한번 쥐면 오염될 수 있기 때문이다. 그래서 뷔페에서 식사할 때 가장 꺼림칙한 것이 음식을 담는 집게다. 이 사람 저 사람 다수의 사람이 쥐었다가 놓고 가는 것이기 때문이다. 그래서 어린이들이 주로 많이 이용하는 아이스

크림 통에는 대장균이 득실거린다고 들었다.

옛날에는 우리 어머니들이 치마를 뒤집어서 아기 코를 닦던 그 치마로 숟가락을 닦아 주기도 했지만, 이제는 세상이 달라지지 않았는가 말이다. 요즘도 숟가락총을 잡지 않고, 입으로 들어가는 부분을 손으로 잡고 숟가락을 돌리는 것을 보면 아연실색할 지경이다.

그리고 우리가 어릴 때는 식사 때 왼손을 사용하는 사람은 불효막심하다 하여 상종도 안 했다. 그러나 요즘 왼손잡이를 탓하고 싶은 생각은 없다. 머리가 좋아진다고 해서 일부러 왼손잡이를 시키는 사람도 있기 때문이다. 그러나 식사 때 양손잡이를 하는 것은 서양이 아닌 동양문화에선 보기 좋은 행위는 아니다.

상차림 예절은 제사상을 차릴 때와 같이 어동육서(魚東肉西)니, 동두서미(東頭西尾), 배복방향(背腹方向), 숙서생동(熟西生東), 홍동백서(紅東白西)와 같은 법칙이 있는 것은 아닌 듯하다. 하지만 우리 집에서는 간장 종지가 늘 중앙에 있었고, 어른 상에는 높이가 낮은 그릇을 오른쪽에 놓았고, 왼쪽으로 가면서 높이가 높은 그릇을 놓았다. 또 한 가지는 어른들이 좋아하시는 반찬을 어른들 앞쪽에 두었고, 그렇지 않은 반찬을 멀리 두었던 것으로 기억한다.

여럿이 같이 식사를 할 때는 반찬 그릇을 편리한 곳에 두면 되겠지만, 밥그릇과 국그릇, 그리고 수저를 놓는 위치 정도는 알아

식사예절을 말한다.

둘 필요가 있을 것 같다. 왼쪽으로부터 밥그릇, 국그릇, 그리고 숟가락, 그다음이 젓가락의 순이다. 물론 이 방법도 오른손잡이를 기준으로 생긴 관습이겠지만 말이다.

그렇다고 동남아에 가서 손으로 밥을 먹는다고 그들을 탓할 생각은 없다. 그 나라의 문화에 따라 식사예절도 다르기 때문이다. 식사예절에 있어 가장 중요한 것은 상대방에게 불쾌감을 주는 행동은 하지 말아야 한다는 사실이다.

아무리 제멋대로 사는 세상이라고는 하나 우리 후손들에게 이런 기본적인 밥상머리 예절이라도 가르쳐서, 그 어느 곳에 내놓아도 부끄럽지 않은 동방예의지국의 위상을 더 높였으면 좋겠다.

잃어버린 고향하늘.

지금 나는 여든을 넘긴 나이인데도 항상 고향 하늘이 그립다. 내가 고향 하늘을 그리워하는 것은 고향을 이북에 두고 왔기 때문도 아니고, 고향 마을이 수몰되거나 다시 찾을 수 없는 곳이어서가 아니다. 마음만 먹으면 두어 시간만 달리면 갈 수 있는 곳에 나의 고향이 있다.

내 고향은 금이 샘솟았다는 김천시(金泉市) 삼락동 구읍(舊邑)

이다. 동리 위쪽 구화사라는 절골로 들어가면 그만그만한 산봉우리 아홉 개가 있고, 그 아홉 골에서부터 흘러내리는 도랑을 중심으로, 동쪽은 교동, 서쪽은 삼락동으로 나누어져 약 300여 가구가 오순도순 살았던 정다운 동리였다.

서북쪽으로는 백운산과 황악산이 북풍을 막아 주고, 건너다보면 AD418년 눌지왕 아도(阿道)가 창건했다는 직지사(直指寺)가 있다. 동리 앞으로는 황악산에서 발원한 직지천(川)이 유유히 흐르고, 그 물길 이르는 곳마다 못 밑들, 양지들, 거문들, 도내기들 등 기름진 평야가 우리 동네를 살리고 있었다.

주민들의 성씨는 백 씨, 김 씨, 이 씨, 우 씨, 박 씨 등등이 이웃하여 살았는데, 그 성격에 따른 별명은 "백 괘살" "우 뿔댁" "박고집"이었는데 이들이 주를 이루었다.

옛날에 원님이 살았던 원(員) 터엔 서설(瑞雪)이 퍼렇게 감돌았고, 동리 바로 앞에는 여름이면 연꽃이 장관을 이루는 연화지(蓮花池)가 아름다웠다. 연화지 안에는 두 개의 인공 섬이 있어 중앙에 있는 작은 섬에는 원님이 풍류를 즐겼음 직한 정자가 하나 있있고, 큰 심에는 귀빈들을 초청하여 연회를 했다는 봉황대(鳳凰臺)가 우뚝 서서 마을을 찾는 손님을 응대하고 있었다.

오래된 동리인지라 여기저기에 흩어져 있는 옛날 기와 조각을 그릇 삼아 밥도 담고 국도 담고, 기왓장 빻아서 반찬도 만들며, 소꿉놀이 소꿉질에 시간 가는 줄 몰랐던 때도 있었다.

잃어버린 고향하늘.

봄이 되면 연화지 둑에 심긴 벚나무에 웃음이 만발했고, 팽나무 열매는 딱총 알이 되었으며, 측백나무 열매가 익을 때쯤이면, 주머니에 한가득 채워 아랫마을 윗마을이 서로 전쟁놀이를 하기도 했었다.

아홉 골에서 흘러내린 물이 사시사철 도랑을 타고 흘러 연화지로 흘러 들어갔고, 동네의 꼬마들은 도랑에서 가재를 잡으며 시간 가는 줄 몰랐다. 땅거미가 질 때면 온 동리가 떠나가도록 "아무개야" 하고 부르는 엄마의 목소리를 듣고서야 집을 찾아 들어가곤 했었다.

그리고 연화지에는 팔뚝 같은 잉어가 힘을 자랑하고, 비가 오는 날이면 친구들이 도란도란 지렁이 밑밥에 대나무낚시 드리우고 대어의 꿈을 키우곤 했었다. 개울가엔 붉은 흙과 검은 흙이 나오는 곳이 있어, 학교에서 공작 시간에 점토로 사용하였고, 아무 데서나 무릎 꿇고 들이마시면 약수였고, 헤엄치는 수영장이었다. 여기서 인생을 설계하고 꿈을 키우면서 살았었다.

이런 꿈속의 마을을 떠나 때로는 충북에서, 때로는 포항과 경주 등지에서 40여 년을 떠돌며 목회를 하였지만, 늘 두고 온 고향 하늘 그리워하며, 거기만 가면 내 어린 시절이 있으리라 여기면서 살았다.

아직 김천 구읍이라는 내 고향이 거기 그대로 있기는 하지만, 어릴 때 놀던 그 고향 하늘은 아니다. 그 이유가 여러 가지겠지만, 하루가 멀다고 현대화되어가는 고향은 내 마음속의 그 고향은 아니기 때문이다.

반세기가 지난 오늘 꿈이 담긴 내 고향은, 이마 맞대고 정답던 옛 초가집들이 도시화하여, 시골티를 벗고 양옥으로 변하거나 고층 건물이 들어섰으며, 젖줄과 같았던 도랑은 복개가 되어 버렸고, 꼬불꼬불 정겹던 골목길은 반듯반듯 곧게 펴졌다.

동리 앞 연화지도 많은 예산을 들여 꽃단장했지만, 옛날의 그 정취는 사라지고, 호밋자루 들고 김매다가 서울로 간 순이가 어느 날 갑자기 짙은 화장을 하고 나타난 듯 어색하기만 하다.

그뿐 아니다. 부모님이 계시지 않는 고향은 고향이 아니다. 부모님이 사셨던 옛집이라도 있을 때는 어딘가에서 부모님의 체취(體臭)를 느끼기도 했지만, 그 옛집이 양옥으로 바뀌고 나서부터는 그 어디에서도 부모님의 체취를 맡을 길이 없어지고 말았다. 요즘도 가끔 고향이라고 들리지만, 친구 하나 없고, 아는 사람 하나 없는 낯선 타향이 되고 말았다.

나는 지금 포항 근처 청하라는 동리에 뿌리내리고 2십여 년을 살았지만, 역시 타향임에는 틀림이 없다. 별이 총총한 밤이면 고향 하늘을 그리워하며 하나둘 별을 세어 본다. 그래서 옛날 내 고향 하늘 그리워하며 "나의 살든 고향" 노래로 나를 달래보지만, 가슴 한쪽이 총 맞은 것 같아 아리기만 하다. 아무리 찾아도 이 땅 위의 고향 하늘을 찾을 길 없기에, 저 영원한 하늘 본향을 사모하며 믿음 소망 사랑의 편지를 띄워 보낸다.

잃어버린 고향하늘.

일흔이 넘어도 돈 쓸 일 많다.

며칠 전에 내가 병원에 갔다가 오는 길에 어중간한 시간이긴 하지만, 점심을 먹으려고 조그마한 시골 식당을 찾았다. 약 50대 정도 된 다섯 명의 노동자들이 먼저 와서, 자리 잡고 식사를 하고 있었다. 그들과 조금 비낀 자리에 앉아 음식을 시켜 놓고 기다리고 있는데, 그들의 대화가 귀에 많이 거슬리는 것이 아니겠는가.

그들의 대화 내용은 "인생이 70 정도 되면 돈 쓸 일 없다"는 지론이다. "그렇지! 그때 되면 손자들 용돈이나 줄 일밖에 없지 뭐!"라고 서로 응수를 해가면서, 서로 죽이 맞는 대화를 나누고 있었다.

아마 이들은 일흔이 되면 호호백발이 되어, 한 몸 움직이는 것도 어려운 줄 알지만, 곧 100세 시대가 될 터인데, 아직 그것을 믿지 못하는 것 같았다. 이들의 대화는 여든이 넘은 내게는 가관이었다. 그래서 그들에게 늙은이들도 돈 쓸 일 많다는 말이 목구멍까지 넘어오는 것을 참고 말았다. 집에 와서도 그 말이 생각나서 나의 과거를 되돌아보며 과연 돈 쓸 일이 없었던가를 되짚어 보았다.

나의 젊은 시절 40여 년은 목회하는 일에 바빴고, 자식들 4남매 키우고 공부시키고 시집장가보내느라 옆 돌아볼 겨를도 없이 살았다. 65세에 은퇴를 하고 보니 돈 쓸 일이 많아지는 것이 아니겠는가? 100세 인생인데 죽기만을 기다리고 그냥 놀고 앉아 있을 수가 없어, 우사(牛舍)도 짓고, 소도 몇 마리 키워보았다.

그리고 멋진 취미생활도 하고 싶었으나 돈이 없어서 많은 돈이 드는 것은 하지 못하고, 일흔 살에 우선 말을 한 마리 사서 키우면서 5년 동안 탔는데, 그 비용도 만만치 않았다. 좀 더 좋은 말을 사고 싶었지만, 내 수입만으로는 턱없이 부족했다.

그리고 안전하고 튼튼한 좋은 차도 타고 싶었으나, 그것도 맘대로 되지 않았다. 그래서 10년이나 된 중고차를 사서 타는데, 언제 고장이 날지 조마조마하기만 하다.

자녀들이라도 잘살면 좋겠지만, 자기들 살기도 바쁜 요즘 매번 자녀들에게 손 벌릴 수도 없는 노릇이기 때문이다.

그리고 또 병원비도 쏠쏠하게 들어간다. 약국에서 약을 타가는 노인들을 보면 무슨 놈의 병이 그리도 많은지! 약이 한 보따리씩이다. 나는 비교적 건강하지만, 혈압약을 먹어야 하고, 여기저기 신경통도 생긴다. 그래서 파스는 한 부대씩 사다 놓고 도배하듯 한다.

그리고 또 나는 대식가도 아니고 미식가도 아니지만, 이것저것 먹고 싶은 것도 많다. 또 세상에는 맛있는 음식들이 얼마나 많은가! 여기저기 여행도 다니고 싶다. 젊을 때도 이스라엘이나 유럽, 그리고 동남아 등지를 여행했었지만, 70이 넘고 나서도 중국,

대만, 일본, 인도, 미국, 태국, 등지도 다녔다.

내 나이 여든에 우리 부부가 터키와 그리스 등지에 성지순례도 다녀오기도 했다. 그래도 아직도 가고 싶은 곳이 많다. 북유럽이나 아프리카 등지도 여행하고 싶은데, 건강 때문이 아니라 돈 때문에 가지 못한다.

요즘도 여러 가지 취미생활도 하고 싶은데 여유가 없다. 우리 국악도 배우고 싶고, 드럼도 배우고 싶고, 다른 악기도 좀 배우고 싶다. 그래서 우선 색소폰을 배웠으면 좋겠다는 생각이 있었으나 색소폰 가격이 또 만만치 않아 망설였다. 이를 안 막내 사위가 자기가 쓰던 것을 주어서 배우기 시작했는데 여간 재미가 있는 것이 아니다.

그리고 일흔이 되기 전에는 눈코 뜰 새 없어 주변을 보지 못했지만, 이제 주변이 보인다. 얼마나 많은 불우 이웃들이 있는가? 불치의 질환을 앓고 있는 사람들도 많고, 말 못 할 사정으로 그늘에서 울고 있는 사람들도 많이 보인다. 특히 장애우(障礙友)들의 손발이 되어 주고 싶지만, 경제적인 이유로 마음대로 안 되는 것이 현실이다.

그리고 내가 일흔다섯에 등단을 하고 보니, 문단이라는 데도 보기와는 달리 자립이 어려운 듯하여 조금이라도 힘이 되어 주었으면 좋으련만 생각뿐이지 여유가 없다.

그뿐 아니다. 전 세계적으로 보면 기아에 허덕이고 있는 사람들이 수억 명이나 된다. 인도나 아프리카, 중동 지방의 수많은 사람이 질병과 기아에 시달리고 있다는 소식을 듣는다. 그래서 나도 어려운 처지지만 너무 안타까운 나머지 생각다 못해 인도에 있는 어린이에게 매달 조금씩 보내고는 있지만 미흡하여 부끄럽기 짝이 없다.

얼마 전에 내가 은퇴하신 목사님들 앞에서 설교를 할 수 있는 기회가 있었다. 선배 목사님들 중에는 재산을 좀 가진 분이 있는데, 그 앞에서 외람되게도 "가진 재물을 자식에게 물려줄 생각하지 마라. 자식들은 자기 복으로 사는 것이다. 죽기 전에 돈 다 쓰고 죽어야 한다."라고 했다.

그렇다. 돈은 얼마든지 보람되게 잘 쓸 수 있는 길이 있다. 후대를 양육하는 장학 재단 같은 교육기관 등에 기부할 수도 있고, 이 땅에 복음 전파와 외국 선교를 위해 쓸 수도 있다. 그래서 다시 한번 외친다. 일흔이 넘으면 돈 쓸 일이 더 많이 생긴다고! 젊은이들이여! 열심히 노력하여 일흔이 넘어서도 돈 잘 쓰는 멋진 인생이기를 간곡히 당부드린다.

토마스 아 켐피스 의 이런 말이 생각난다. "절대 허송세월하지 마라. 책을 읽든지, 쓰든지, 기도하든지, 명상하든지, 또는 공익을 위해 노력하든지, 항상 뭔가를 해라."는 말 말이다.

"게요"와 "세요"

내가 요즘 안과와 한의원에 갈 일이 더러 있었다. 옛날과 달리 의사나 간호사들이 모두 친절하고 싹싹해진 것은 사실이다. 그런데 요즘 간호사들이 정체불명의 용어를 사용하기 때문에 늙은이가 당황하지 않을 수 없다. 때로는 무슨 말인지 몰라 어리둥절할 때도 있고, 어떨 때는 웃음 참기가 어려울 때도 있다. 예를 들면 "게요"라는 말과 "세요"라는 말의 오용이다.

어떤 간호사가 내게 "침대로 올라갈게요."라고 했다. 내 나이 팔순이지만 아직은 그래도 눈치라는 게 있어서 나를 침대로 올라가라는 거구나 하고 침대로 올라갔더니 간호사가 말하기를 "바로 누울게요."라고 했다. 간호사가 왜 침대에 눕는다는 말인가?

여기서 "… 게요"는 자기가 무슨 일을 하겠다는 말이고, "… 세요"는 상대방이 어떤 행동을 하도록 지시하는 말이라는 것을 모를 리가 있겠는가? 그런데 그것도 구별하지 못한다니 어안이 벙벙할 뿐이다.

안과의 간호사나 한의원의 간호사가 다 같은 용어를 사용하는 것을 보니 아마도 같은 학교에 다녔거나, 같은 선생님에게 배운 것이 아닐까 하는 생각을 해 본다.

요즘 젊은이들이 사용하는 신종언어는 기성세대가 도저히 이

해하기 어려운 것들이 너무나도 많다. 여러 가지가 있지만 몇 가지 예를 들면,

조낸 : 매우 많다는 의미로 쓰인다. (비속어에서 비롯된 형태)

금사빠 : 금방 사랑에 빠지는 사람.

십장생 : "십 대부터 장래를 생각해야 한다."는 뜻의 줄임말.

훈남 : 못생겼지만, 정이 가는 남자를 일컫는 말.

볼매 : 볼수록 매력이 있다는 뜻.

안습 : 안구에 습기 차다. 슬퍼서 눈물이 난다는 뜻.

안쓰 : 안구에 쓰나미가 치다. 안습이라는 말보다 더 눈물이 밀려올 때 쓰는 말.

에이스 : 엉뚱한 행동을 하는 사람을 비꼬아 일컫는 말.

완소 : "완전히 소중하다"의 줄임말.

기포 : "기말고사를 포기하다"의 줄임말.

얼 : 얼라리, 얼라리요의 줄임말로 놀랐을 때 쓰는 감탄사.

단무지 : "단순, 무식, G랄"의 줄임말로 상대방을 비방하거나 욕할 때 쓰는 단어.

개매너 : "매너가 개 같다."는 뜻.

IBM : 이미(I) 버린(B) 몸(M)의 약자로써 술이나 담배 등에 절어 폐인이 된 사람.

오떡순 : 오뎅, 떡볶이, 순대의 줄임말.

특공대: 특별하게 공부도 못하면서 머리만 큰 사람.

갈비 : 갈수록 비호감.

안여멸 : 안경+여드름+멸치란 말을 줄여서 쓰는 말.

닭질 : 닭처럼 쓸데없이 왔다 갔다 하는 행위(질)의 줄임말.

디비(DB) : 청소년들이 어른의 눈을 피해 만든 언어로, 담배

를 가리키는 말.

야자 : 야간에 하는 자율학습 등등이 있다.

얼마 전에 어떤 유명 연예인이 방송에서 '존나'라는 말을 했다고 해서 항간이 시끄러웠다. 그 외에도 "쪽팔린다" "대박" "대빵" "뽀록나다" 등등의 말들이 공공연히 사용되고 있다.

한 수 더 떠서 방송에서도 이런 비속어를 따라 하거나 아니면 줄임말을 사용하는 것이 보편화 되었다. 예를 들면 "이만갑"은 "이제 만나러 갑니다."의 줄임말이다. 우리가 흔히 사용하는 "종편"도 "종일 편파방송"의 줄임말이다. 풀이해 주어야 알지 그렇지 않으면 무슨 뜻인지 어떻게 알겠는가? 이젠 바른말 국어사전 말고 비속어 사전이 따로 나와야 서로 의사소통이 가능할 것 같다는 생각이다. 우리 집에서도 내가 무슨 이야기를 하면 손자들이 무심코 "헐"이라고 하며 놀란다.

이런 정체불명의 비속어들이 우리 사회를 어지럽히고 있으며, 세계 유일의 과학적 언어인 한글을 훼손할 뿐만 아니라, 더 나아가 언어 질서의 파괴는 물론, 세대 간 대화의 단절을 초래하지 않을까 걱정이다. 그러므로 교육계에선 명심하고 우리말 바로 쓰기부터 가르쳐야 할 때라는 생각을 해 본다.

가정의 달 유감

　가정의 달인 오월을 보내면서 아쉬운 것이 너무 많아서 한마디 하고 싶어졌다. 가정의 달이라고 이름은 붙였지만, 이미 가정다운 가정의 모습은 사라진 지 오래이기 때문이다.

　요즘 많은 가정이 숙박소로 변했거나 식당으로 변했으며, 가족 모두가 뿔뿔이 독방에서 옥살이하는 형국이기 때문이다.

　옛날 우리가 어릴 때만 해도 가정이라고 하면 한 가문을 이야기하는 것이기도 했고, 그 유대는 실로 놀라웠다. 한 가정에 2~3세대가 함께 사는 것이 보통이었다. 이렇게 대가족이 함께 살다 보니, 자연적으로 함께 어우러져 사는 법도 배우고, 서로 양보하고 배려하는 법도 배울 수 있었으며, 자기 위에 어른이 계신다는 것도 알고, 어른 공경하는 법이나 아랫사람을 대하는 법도 배우면서 자랐다.

　그런데 요즘은 어떤가? 하나만 낳아서 오냐 오냐 키우다 보니, 자기밖에는 모르고 자란다. 자기를 낳아서 키워준 부모까지도 자기 하인 취급을 하고, 무식하다고 생각하거나 구세대 사람이라 말이 통하지 않는다는 이유로 방에 들어가 문을 닫아걸고 자기만의 생활을 영위하고 있는 현실이다.

　그러다 보니 요즘은 옛날 대가족 제도에서 배울 수 있었던 부모 공경, 형제 우애, 인내와 희생정신, 감사와 사랑 같은 소중한 가치를 배우지 못하고 사는 것 같다. 아니 배울 기회가 없으므로 오늘날 이 사회와 가정이 막장이 되어 가고 있는 것이라 여긴다. 그 원인이 어디 있을까? 물론 여러 가지를 들 수 있겠지만 몇 가지만 열거하라면

그 첫 번째로 문화의 변천이라 하겠다.

옛날 우리가 자랄 때는 농경문화의 배경에서 자랐지만, 산업사회로 변천해 감에 따라 변화는 불가피하였다는 것은 인정한다. 하지만 물질 만능과 향락문화에로의 갑작스러운 변화로 인하여, 우리 사회가 끝까지 간직했어야 할 가정의 중요성을 너무 빨리 잃어버린 것이다.

오늘날 가정들이 와해되는 여러 요인 중에 두 번째로는 매스컴에서 앞다투어 제작 방송하는 막장 드라마를 들 수 있다. 말도 안되는 남녀관계를 엮어 놓는가 하면, 별의별 불륜을 여과 없이 보여 주곤 하지 않는가?

꼭 그런 것만은 아니라 해도 이런 막장 드라마로 말미암아 알게 모르게 가정들이 파괴되고, 황혼 이혼이 늘어나는 데 일조를 하는 것이라 여긴다.

그리고 가정이 파괴되는 또 하나의 원인은 개인주의에 따른 "방 문화" 때문이라고도 할 수 있다. 남녀노소가 지닌 핸드폰과 각종 게임은 인간관계와 가족관계를 사막화시키고 있는 듯 보인다.

그뿐 아니라, 우리 어른들이 어른스러움을 보여 주지 못하고 있기 때문이기도 하다. "어버이"라는 존경스러운 단어가 요즘 들어와서 혐오스럽게도 일당이나 받고 꼭두각시처럼 권력의 하수인 노릇이나 하는 신세가 되었기 때문이다.

모두 다 열거하기는 곤란하지만 어떻든 우리 사회는 지금 가정이 와해되어 가는 중이다. 이런 사실은 우리 사회의 멸망과 직결되어 있다는 것을 우리가 모두 명심해야 할 일이다.

가정이 붕괴하고 있으니까 각종 범죄가 우후죽순처럼 일어나고 있지 않은가 말이다. 부모가 자식을, 자식이 부모를 해치는 끔찍한 사건들이 일어나는가 하면, 또 자식이 부모를 학대하거나 쓰레기처럼 유기하는 현실이 되고 말았다. 동방예의지국이란 우리 한국 가정이 자꾸만 콩가루 집안이 되어 가고 있어, 어쩌다가 이 모양이 되었는지 생각할수록 한숨만 나온다.

이제 너와 나를 막론하고 정치 지도자들이나 모든 학자와 전문가들, 그리고 우리가 모두 망가져 가는 가정들을 어떻게 하면 다시 회복시킬 수 있을 것인가에 대하여 머리를 맞대고 고민해야 할 문제라고 여긴다.

인터넷에서 보았지만, 그것도 어버이날에 가슴에 카네이션을 단 노인이 무료 급식소에서 급식을 기다리는 처량한 모습과, "꽃 한 송이나 전화 한 통으로 퉁 칠 생각하지 마라."는 현수막이 나부끼는 현실이, 나를 몹시 슬프게 하고, 한국의 장래를 어둡게 하는 것 같아 안타깝기만 하다.

노년에 찾아온 갱년기 현상

추석도 지나고 계절이 가을로 조금씩 바뀌게 되는 요즈음 나이 여든이 넘은 내게 이상하게 뒤늦은 갱년기 증상이 나타나는 게 아무리 생각해도 이상하다.

갱년기 현상이란 남녀 성호르몬의 변화에서 비롯된다는데, 여성은 폐경기 전후에 오는 것이 정상이지만, 특히 남성은 30대 후반부터 남성호르몬 분비가 매년 1% 이상씩 감소하다가, 40~50대에 급격히 감소해서, 신체, 정신, 심리적 변화 등 복합적인 남성 갱년기 증상이 나타나기 시작한다는 것이 보편적인 정설이다.

그래서 마냥 청춘인 양 꾀 힘자랑까지 하고 살다가도 갑자기 어느 날부터 집중력 저하와 무력감, 불면증, 만성피로에 시달리면서 체력이 예전 같지 않고, 우울감과 자신감 상실, 외로움 같은 심리 변화 등을 겪게 되는 것이 갱년기 증상이라는 것이다. 이런 남성 갱년기는 한마디로 표현하면 거스를 수 없는 '노화 현상'이라 할 수 있을 것이다.

그런데 4-50대에서는 경험하지 못한 갱년기 증상이 내게도 나타난 것이다. 괜스레 불안하고, 초조해질 뿐만 아니라, 갑자기 등골에 식은땀이 괴인다. 그리고 가슴이 두근거리고 불안하여 가만히 있지 못하고, 우왕좌왕하게 되고 인생을 다 살았다는 허무한

느낌까지 들곤 하는 것이다.

신경 정신과에 가 상담을 해볼까? 어떤 약을 먹어 볼까? 이럴 때는 누구든 사람을 많이 만나서 수다를 떨면 좋다는데..하는 생각들 때문에 잠을 이루지 못하고, 뒤척이다가 밤을 꼬박 새우는 일이 다반사였다.

사람들을 만나는 것이 좋은 줄은 알지만, 가까이에 있는 친구들도 별로 없을 뿐 아니라, 있다고 해도 괜히 친구들을 불러내어 이러쿵저러쿵 수다를 떨기도 망설여질 뿐만 아니라, 그것도 하루 이틀이지 여러 번 계속할 수도 없는 노릇 아닌가 말이다.

그렇다고 당장 어떤 결론을 내리기도 어려웠다. 누구에게도 내색하기가 부끄럽고 창피했기 때문이다. 그러다가 생각해 낸 것이 숲속 힐링(healing)이었다.

그래서 다음 날 조그마한 배낭 하나를 찾아 거기다가 성경 찬송은 물론 과일 등, 간식을 챙겨서 내가 자주 가는 계곡을 찾아 갔다. 이 계곡은 인적은 물론 물소리 외에는 아무 소리도 들리지 않는 고요하고 조용한 골짜기이다. 그 계곡 어디 즈음에 바위 하나를 정하여 좌정하여 묵상도 하고 조용히 성경도 읽었다. 때로는 목청껏 찬송도 불렀나. 얼마를 지났을까? 그 계곡 물소리 따라 내 마음의 근심 걱정도 씻겨 내려가는 것 같은 시원함을 느낄 수 있었다.

며칠을 그렇게 하다가 지루할 때는 생각나는 대로 시도 읊어 보고, 명상에 잠겨도 보고, 주위에서 밤을 줍기도 했다. 계곡에 떨어져 물에 잠긴 알밤들도 있고, 산기슭 여기저기에 알밤들이 제법 많아서 재미가 쏠쏠해 시간 가는 줄도 몰랐다. 그러는 사이 마음은 조금씩 힐링이 되기 시작하고 한결 가벼워지는 것을 느꼈다.

그렇게 며칠이 지났을까? 지금까지의 그러한 갱년기 증상은 감쪽같이 사라지고 마음과 몸이 정상으로 돌아온 것 같았다. 자연의 치유력은 상상을 초월하는 것이었다. 그 후로도 마음이 울적할 때는 슬며시 그 계곡을 찾아 나선다. 언제까지가 될지 모르지만, 앞으로도 산과 들 계곡을 벗하며 살아야겠다는 생각이 든다.

이렇게 좋은 자연을 우리 인간들은 그 소중함을 알지 못하고, 자꾸만 파괴하고 오염시키고 있는 것이 아닌가 싶어 안타까움을 금할 수 없다. 이 대자연을 우리에게 허락하신 조물주께 다시 한 번 감사를 드리며, 갱년기 현상을 겪는 모든 분들에게 대자연의 힐링(healing)을 권하면서 이 글을 맺는다.

밥투정 반찬 투정

주부들이 늘 하는 걱정이 하나 있다면 끼니때마다 무슨 반찬으로 밥을 먹을까? 하는 걱정일 것이다. 하기야 우리 집에는 내가 좋아하는 상추, 오이, 가지, 고추, 들깻잎, 고구마 줄기, 콩잎 등 여러 가지 채소들이 많고, 또 조금만 들로 나가면 달래, 냉이

망초, 명이 나물, 쇠비름, 참비름, 돌나물, 씀바귀, 말똥굴레(민들레) 등등이 많아서 그냥 값없이 뜯어 오면 좋은 반찬이 되기 때문에 반찬 걱정이나 투정을 하지 않는다. 그래서 우리가 시장엘 자주 가지 않으니 이웃 사람들이 "목사님 가정은 왜 시장을 안 가느냐."고 묻기도 한다.

요즘 사람들은 옛날이야기를 하면 듣기 싫어하겠지만, 우리가 어릴 때는 국가적인 빈곤의 시기이기도 하였고, 우리 집이 비교적 가난했기 때문에 늘 배고프게 살았기 때문이기도 하다.

어머님이 꽁보리를 삶아 대나무 바구니에 담아서 공중에 매달아 놓고 들에 가신다. 배가 고픈 나머지 먹을 것을 찾다가 그 보리밥을 발견하면 부뚜막에 올라가 조금 들어내고, 표시가 나지 않도록 다독거려 놓은 다음, 반찬을 찾아보지만 있을 리 만무다. 그러면 보리밥을 물에 말고, 거기다가 맨 간장을 조금 풀어서 통째로 들이마시곤 했던 기억이 새롭다.

또 우리 어머님은 너무 반찬이 없으니까 소금을 물에 녹이고, 거기에 양념 조금 넣은 다음, 귀하디 귀한 "아지나모도"(일본식 발음이지만 어릴 때는 그렇게 불렀다. 뱀 가루라는 소문도 있었지만 화학조미료이다.)를 아주 조금 넣어서 밥을 할 때 솥 안에 넣어 두면, 거기에 밥물도 조금 넘어 들어가서 맛있는? 소금 반찬이 된다. 그것이 우리 집 반찬의 전부일 때도 있었다. 그래도 4형제가 서로 먹으려고 하면서 자랐기 때문에 반찬 투정이라는 걸 모르고 자랐다. 그래서 나는 평생에 반찬 투정이나 밥투정을 하면 천지신명께 천벌을 받는다고 생각하며 살아왔다. 그렇게 자란 내가 어떻게 반찬 투정을 하겠는가.

그런데 요즘에는 반찬이 없다고 투정을 부리는 어른들도 많다는 이야기를 들었다. 그래서 그런지 밥투정, 반찬 투정이 심한 아기들을 자주 본다. 그 부모들이 안타까운 나머지 밥그릇 들고 다니면서 한 숟가락이라도 더 먹이려고 애를 쓰는 것 보면 속에서 울화가 치민다. 젊은 부부들의 마음을 모르는 바는 아니지만 배고프면 어련히 먹으련만, 사정사정해서 먹이려고 애를 쓰는지 이해가 안 되기 때문이다.

우리 부부가 4남매를 키울 때는 그렇지 않았다. 조금이라도 투정을 부린다 싶으면 어른이 먹어 버리거나 빼앗아 버린다. 나중에 배가 고프면 사정을 하며 달라고 할 것이기 때문이다.

요즘 우리 주변에는 끼니를 걱정해야 하는 불우한 이웃들도 있지만, 사실 보편적으로 얼마나 많은 것을 누리며 사는지 모른다. 옛날 임금님도 받지 못했던 호사와 풍요를 누리며 살지 않는가 말이다.

그래서 많은 사람이 어떻게 하면 살을 뺄까! 하는 연구와 노력이 눈물겹도록 가상하다. 옛날엔 노인병으로 알려졌던 고혈압, 당뇨병 같은 병들도 차츰 그 나이가 낮아져 청소년에까지 이르게 된 시대이다.

우리나라에서 연간 먹고 남긴 음식물 쓰레기가 550만 톤이나 되며, 그 처리 비용이 1조 450억 원이나 된다니, 그야말로 탕자 문명이라 할 만하지 않은가!

어떻든 이제 모든 사람이 음식의 귀중성을 재인식하고, 남겨서 버리는 일들이 없도록 해야 할 것이며, 우리보다 더 어려운 이웃들을 생각하며 존절히 살아야 하겠다.

그리고 그 음식의 재료를 생산하는 농부들이나 어부들과 가공업자들에게 진심으로 감사하면서 살아야 할 것이다. 그리고 우리가 음식을 대할 때 성만찬을 대하는 것처럼 겸손하게 먹고 겸손하게 세상을 살아가는 풍토가 이뤄지기를 간절히 바란다.

어르신이 없는 세상

언제부터인가는 잘 모르지만 나도 어르신이란 호칭을 가끔 듣곤 한다. 그럴 때마다 나는 깜짝깜짝 놀란다. 왜냐하면, 나는 아직 그러한 호칭을 들을 만한 자격을 갖추지 못했기 때문이다.

옛날 우리가 어릴 때 만났던 어르신들은 근엄하다 못해 두려움의 대상이어서 젊은이들은 그 앞에서 오금 펴기가 어려웠다. 어르신이 지나가시면 그 자리에 읍하고 서 있다가 어르신이 먼저 지나가신 다음에 자기 길을 가곤 했다. 그때 어르신들은 연세로나 지식과 경험 면에서 특출했고, 그뿐만 아니라, 외모로도 어르신이란 호칭을 받기에 부족하지 않았었다.

옛날 어르신들은 우선 외적으로 근엄함을 잃지 않았다. 한여름이면 속살이 다 보일 정도로 고운 명주옷이나 삼베옷을 입었고, 겨울이면 한복에 마고자를 하고 긴 두루마기를 입었었다.

그뿐이 아니라, 상투를 틀고 갓을 썼으며 긴 수염을 휘날렸다. 코걸이 안경에 항상 장죽을 들고 다녔다. 만약 젊은이들이 예의에 어긋난 일을 하면 그 즉시 장죽으로 머리에 혹이 생길 정도로 불벼락을 내렸다. 그렇지만 어르신들의 그러한 행동에 대해서 아무도 이의를 달지 않았다. 그 이유는 동리 사람 모두가 그들을 진정한 어르신으로 인정했기 때문이다.

그리고 지적으로도 갖출 것은 고루 갖추었기 때문에 어르신이었다. 그분들은 적어도 천자문은 물론, 논어, 맹자, 사서삼경은 다 읽은 분들이었다. 꼭 그렇지 않다고 해도 그들의 경험이 인생의 지표가 되었기 때문이다. 그러나 지금은 다르지 않은가. 내가 어르신이란 호칭을 들을 때면, 과연 내가 그 호칭을 들을 만한 자격이 있는가를 생각하며, 스스로 옷매무새를 다시 다잡게 된다.

오늘날에는 옛날 어르신들처럼 그러한 위엄을 가진 어른들이 내 눈에도 보이질 않을 뿐만 아니라, 나 역시 그렇다. 외형적으로도 상투는 고사하고 머리엔 검정 물감을 칠해 버렸고, 수염은 무슨 원수나 진 것처럼 보는 대로 밀어붙인다. 외형적으로도 근엄함이라고는 도무지 찾을 수 없다.

그뿐이 아니다. 특별히 나는 신학 공부를 한다고 했지만, 그것도 어설프기 짝이 없다. 다른 지식 분야에서도 사서삼경은 물론 세계적인 명작들조차 변변히 읽지 못했고, 제1외국어인 영어도 장롱 속 언어가 되었다. 다른 분야에서도 지독한 문외한이며 지독한 외골수이다. 그런데 어찌 내가 어르신이란 호칭을 들을 수 있겠는가 말이다.

나이 든 사람은 있어도 어른이 없는 오늘이기 때문에, 인류가 땅에 떨어져 콩가루 집안이 되어가는 것이 아닌가 하는 생각을 떨칠 수 없다.

오늘날 젊은이들이 부르는 어르신이란 호칭은, 한번 말해선 좀처럼 알아듣지 못해 두 번 세 번 곱씹어야 하고, 귀에다가 대고 큰소리를 해야 하며, 눈도 어두워 사람도 제대로 알아보지 못하는 퇴물이라는 말로 들리기 때문에, 나를 몹시 서럽게 하는 호칭이 아닐 수 없다.

단순히 나이가 많은 것 때문에 듣는 어르신이 아니라, 모든 언행 심사와 행동거지가 정말 모범적이고 올곧아서 듣는 어르신이란 호칭이기를 간절히 소원해 본다.

"백발은 영화의 면류관이라. 의로운 길에서 얻으리라."는 말씀과 "젊은 자의 영화는 그 힘이요, 늙은 자의 아름다운 것은 백발이니라."는 성경 잠언서의 말씀대로, 남은 세월 동안이라도 의로운 길을 걸어서, 백발이 더할 수 없이 자랑스러우며, 아름다움이 되기를 간절히 소망해 본다.

C. 사암(砂巖)위의 문명

사암(砂巖)위의 문명

 나도 가끔 꿈을 꾸지만 꿈의 효능을 믿지는 않는다. 왜냐하면, 내가 꾼 꿈은 항상 개꿈이었기 때문이다. 돼지꿈이나 똥 꿈을 꾸면 대박이 난다는데 나는 그런 꿈을 꾸어도 그때마다 허탕이었기 때문이기도 하다.

 그러한 내가 어느 날 꿈속에서 깊은 산길을 걷다가 길을 잃고 말았다. 이리저리 헤매다가 천 길 낭떠러지에서 떨어져서 정신을 잃었다. 얼마나 지났을까! 밝다는 말로는 다 표현하기 힘든 광명이 나를 에워싸고 있었다. 수많은 원시림 사이로 눈부신 하얀 햇살이 스며들고, 천사들의 날갯짓인 양 운무가 하늘로 솟아오르고 있었다.

 운무가 걷히고 나니 놀라운 광경이 눈앞에 펼쳐졌다. 그야말로 황금빛 세상이 나타난 것이다. 이 세상에서 한 번도 보지 못한 수

려한 자연 그리고 화려한 건물들이 어우러진 선경(仙境)이었다. 무릉도원(武陵桃源)과도 같이 세속을 떠난 별천지였다.

이 도시 어디를 가든지, 누구나 먹고 싶은 대로 먹고, 자고 싶은 대로 자고, 자기 멋대로 놀 수 있는 환경이 갖추어져 있었다. 그래서 많은 젊은이가 끼리끼리 모여서 먹고 마시고 춤을 추면서 목에 핏대를 세워가며 이상한 노래를 부르고 있었다.

그리고 요즘 세대들이 좋아하는 쓰리에스(Three S), 즉 섹스(sex), 스포츠(sports), 스피드(speed)를 누구나 즐길 수 있는 환경이 고루 갖추어져 있었다. 젊은이들이 사흘이 멀다고 섹스(sex) 상대를 바꿨으며, 모두가 스포츠(sports)광이 되어, 각종 스포츠를 위한 시설에 천문학적인 돈을 쏟아붓고 있었다. 그리고 잘 뚫린 도로엔 그 어떤 규제(規制)도 없었다. 모두가 어디에서나 스피드를 즐기면서 광란의 질주를 하고 있었다.

그런데 이상한 것은 그 도시가 사암(砂巖) 위에 세워졌다는 사실이다. 제법 단단한 바위 같아 보이지만, 사질(沙質)이어서, 새가 부리로 쪼아 동굴 집을 짓기도 하고, 사람들의 호미질에도 무너지는 지질구조였다.

젊은이들이 장난삼아 남의 집 기초를 파서 그 집을 위태롭게 하지만, 꾸짖는 사람도 없을 뿐만 아니라, 관심을 기울이는 사람도 없었고, 모두 구름 위를 걷는 것 같았다. "내일 삼수갑산(三水甲山)을 가리 삼아도 오늘 먹고 마시고 즐기자"는 심산인 것 같

사암(砂巖) 위의 문명

았다.

역사 이래로 우리 인간이 꿈꾸어 오던 유토피아가 이뤄졌다고 볼 수 있지만, 모두가 얼빠진 사람처럼 아무도 행복해 보이지는 않았다. 그런데 이 문명 도시에 아무리 찾아도 찾을 수 없는 것이 한 가지 있었는데, 그것은 바로 "희망"이라는 것이었다. 그러나 이번에도 내 꿈이 개꿈이기를 간절히 바랄 뿐이다.

정치와 인간

흔히 우리나라는 어떤 면에서 선진국 대열에 들어섰다고 하지만, 정치 현실은 반세기 전으로 돌아가려는 움직임을 보여 안타깝기 짝이 없다.

우리는 역사적으로 오랫동안 군주통치하에 있었을 뿐만 아니라, 독재체제 아래 있었기 때문에 정치는 정치가들, 즉 권력 잡은 자들이 하는 일이니, 관여해선 안 된다는 고정 관념에 사로잡혀 있는 것이 사실인 듯하다.

그러나 인간은 정치와 무관할 수는 없다. 인간은 정치적인 집단에 속한 존재요, 정치라는 굴레를 벗어 날 수 없는 존재이다. 개미가 아무리 나는 정치와 무관하다고 우겨도 역시 개미집단의 질서를 지키는 것은 정치이기 때문이다.

그럼 정치라는 것이 어떻게 태어난 것인가부터 생각해 보면 그 속성을 알 수 있을 것이다. 처음 정치권력을 잡은 자들은 본래 강자 집단(强者 集團), 다시 말하면 깡패 집단이 아니면 완력 집단이었을 것이 분명하다. 남보다 먼저 돌칼을 소유했다든지, 아니면, 동(銅)이나 철제 무기를 먼저 소유하여, 다른 사람을 굴복시켰을 것이기 때문이다. 고무줄을 당겼다가 놓으면 다시 제자리로 돌아가듯이 이런 정치집단은 다시 깡패 집단으로 되돌아가려는 속성을 가지고 있다는 것이다.

그 예를 들어보면 삼선개헌이라든가, 아니면 유신헌법을 만들어 체육관 선거를 통하여 종신집권을 획책(劃策)했던 것 등등이다. 그러나 우리 민중과 역사는 이를 용납하지 않았고, 회귀 의도(回歸 意圖)를 막기 위해 많은 민주투사가 죽임을 당하거나 옥고를 겪었던 아픔을 지닌 민족이다.

과거 우리 교회도 정치와 무관한 사람을 신앙이 좋은 사람으로 생각했던 오류를 범했었다. 가까운 예로 해방 후 북한이 정치적으로 공산화되어 갈 때, 정치는 정치인들이 맡기고, 신자는 예수나 잘 믿고 천당에 가면 된다고 생각했었다. 그러는 사이 북한은 공산화가 되었고, 제2의 예루살렘이라고까지 했던 평양은 공산주의자들의 소굴이 되었으며, 정교분리(政敎分離)를 주장하던 그 많은 종교인이 남부여대(男負女戴)하고 남쪽으로 내려오지 않았는가? 그래서 이북은 반세기 동안 교회 하나 없는 동토가 되었고, 오늘날도 저주받은 나라가 된 것이 아닌가 말이다. 이런 관점에서 볼 때 정교분리를 주장했던 당시의 교권주의자들은, 교회와 나라의 절반을 망가뜨린 무책임한 악한 종들이라는 책망을 받아야 마땅하리라 여긴다.

 정치인들이 법을 교묘하게 만들어, 군왕으로 군림하든가 말든가, 세상이야 악마나 깡패가 나라를 다스리든가 말든가, 악이 가득하여 어린이들이 유괴되든가 말든가, 성추행을 당하고 죽임을 당하든가 말든가, 부녀자들이 쥐도 새도 모르게 실종되는 일이 있거나 말거나, 오염으로 먹을 물이 없어지고, 하나님의 피조세계인 이 자연이 파괴되거나 말거나, 총칼을 든 전쟁은 아닐지라도 무역전쟁에서 지거나 말거나, 굴욕외교를 하거나 말거나, 내 사생활을 권력 가진 자가 항상 들여다보며 감시하거나 말거나, 교회는 "하늘가는 밝은 길이 내 앞에 있으니"라는 찬송만 부르고, 국민은 그냥 지켜만 보고 있어야 하겠는가 말이다.

 먹고 살기도 바쁜데!라 하든가, 아니면 내가 지지하는 정당인데 눈 감아야지, 나와 관계가 있는 정치인인데, 등등의 이유로 강자 집단(強者 集團) 회귀 의도(回歸 意圖)를 방관하거나 도외시해서야 되겠는가 말이다. 이제 우리 국민은 두 눈을 부릅뜨고 정치 현실을 주시(注視)해야 한다. 이는 나라의 백년대계가 달려 있기 때문이다.

 헤겔이 주장한 정반합(正反合)의 원리에 의하여 이 역사가 점진적으로 발전해 가도록 해야 한다. 다시 말하면 정(正)은 그 당시는 정(正)일 수 있지만, 역시 그 회귀속성 때문에 잘 못 되기가 십상이다. 그래서 반(反)이 생겨야 하고, 그 정(正)과 반(反)이

합(合)을 만들고, 그 합(合)이 다시 정(正)이 되고, 또 반(反)이 생기고 합(合)이 되는 그러한 과정을 반복하여, 역사가 발전해 온 것이며, 앞으로도 그렇게 발전해 가야 하기 때문이다.

그렇다고 모든 국민이 다 정치를 하거나, 어떤 정당에 가입하여야 한다는 말은 아니다. 언제나 정의 편에서, 정치, 경제, 문화, 예술, 교육 등, 인간의 삶 전 영역에 정의, 평화, 창조 질서가 정착되도록 최선을 다하는 전천후(全天候) 감시자가 되어야 한다는 말이다. 그러므로 우리 국민은 두 눈을 부릅뜨고 정치가 다시 그 옛날 깡패 속성으로 되돌아가지 못하도록 지켜야 하는 것이 우리 국민과 기독인들이 해야 할 일이라 여기는 바이다.

자본주의의 치명적 모순

현대사회에 있어 가장 시급한 것은 개인 소득의 불균형을 해결하고 극복하는 일이라 여긴다. 인류는 그동안 이러한 자본주의의 치명적인 모순을 해결하기 위해 수많은 노력을 해왔지만 모두 실패하고 말았다. 공산주의자들은 이 소득의 불균형과 모순을 해결하겠다고 공산사회를 만들어 보기도 했지만, 구소련과 중국, 그리고 북한이 보여 준 대로 역시 실패하고 말았다.

구소련은 붕괴하였고, 중국 또한 준 개방사회가 되어 시장경제가 사회를 지배하고 있다. 그래서 중국의 갑부는 세계 제일을 자랑하는가 하면, 가난한 사람은 끼니를 걱정해야 할 지경에 이르고 말았다. 그리고 완전한 공산주의 사회라고 자칭하는 이북도 장마당의 출현으로 서서히 공산사회가 붕괴하고 있는 것이 사실이다.

오래전에 헝가리를 방문했을 때 체코 프라하를 방문한 적이 있었다. 앤드루 성당을 중심으로 부챗살처럼 도시가 이루어져 있는 것이 인상적이었고, 도시가 매우 깨끗하다는 인상을 받았다. 그런데 프라하와 그리 멀지 않는 곳에 있는 비셰흐라드 공동묘지를 방문했는데, 지금도 그 광경을 잊을 수가 없다. 보통 묘지라고 하면 음산한 분위기일 것이라는 선입관이 있지만 여기는 하나의 예술 공원과 같았다.

이 공동묘지는 1866년 앤서니 비에 렘이 건설했다고 하는데, 예술, 문화, 학문적으로 유명 인사들이 잠들어 있는 곳이었다. 크고 작은 조각품들이 늘어서 있고, 훌륭한 입상들도 여기저기 보였다. 그러나 초라한 비석 하나만 세워 놓은 무덤도 있어 여기도 빈부 격차가 심하구나! 라는 생각을 지울 수가 없었다.

그리고 미국에 가서 뉴욕을 관광하고 맨해튼에서 케네디 공항으로 가는 길가에 천주교회가 운영한다는 공동묘지를 지나왔다. 그 규모가 얼마나 대단한지 도시계획 구간의 두세 블록을 다 차지하는 규모였다. 거기도 역시 빈부의 격차가 심해 보였다. 하늘에 닿을 것 같은 조각품이 있는가 하면 땅에 붙은 무덤도 있었다.

지금까지 인류가 발명한 가장 좋은 체제라고 여겼던 자본주의 사회가 이제는 빈익빈 부익부의 치명적인 모순이 심각해지고 있는 것이 현실이다. 분배의 불균형으로 인하여 배가 불러 죽는 사람이 있는가 하면, 이 지구상에는 굶어 죽는 사람들이 더 많은 것이 사실이다. 이런 불균형(不均衡)의 사회는 살아 있을 때뿐 아니라, 죽어서도 계속된다는 말이다.

역사적으로 볼 때 분배의 불균형이 해소되었던 때는 단 한 번 있었다고 생각한다. 그것은 AD4~50년경에 이룩했던 예수 공동체 즉 초대교회이다. 가진 것을 서로 나누며 완전한 공유공동체를 만들었을 때다. 하지만 그것도 오래가지는 못했다. 이런 아름다운 평등사회는 언제쯤 이뤄질 것인가? 이 땅 위에서는 바랄 수도 없는 것인가?

구약의 이사야 선지자는 분명히 이리가 어린 양과 함께 살고, 암소와 곰이 함께 먹으며, 사자가 소처럼 풀을 먹는(이사야 11:6~9절) "그때"가 오리라는 것을 예언했다. 이런 세상은 현실적으로 매우 어렵게 보이긴 하지만, 인간의 노력 결과로 언젠가는 이뤄지리라 믿는다.

바라기는 이리, 표범, 사자, 곰, 독사와 같은 통치자들과 기득권자들이, 어린 양, 염소, 그리고 소나 양들로 표현된 노동자, 농민, 장애인, 어린이를 포함한 소외된 사람들과 함께 어우러져 사는 세상, 이들이 다 같은 풀을 먹는 세상, 더불어 사는 공동체가 되었으면 하는 바람이다. 이사야 선지자가 꿈꾸던 그 아름다운 이

상향(理想鄕)이 하루속히 이 땅에 이뤄지기를 학수고대해 본다.

보수와 진보의 가치

요즘 우리나라는 보수(保守)나 진보(進步) 모두가 가치관의 혼란으로 인하여 중병을 앓고 있는 것으로 보인다. 이런 혼란은 결국 국가적 위기를 초래하였으며 민주주의 발전에 중대한 걸림돌이 되는 듯하다.

이 시점에서 우리는 보수의 가치와 그 존재 이유가 무엇이며, 진보의 가치와 그 존재 이유가 무엇인가를 생각해 보지 않을 수 없다. 앞으로 진보의 가치에 대해서는 다음번에 언급하기로 하고, 오늘은 먼저 보수(保守)의 가치에 대하여 한 번 생각해 보려고 한다.

흔히 "나는 보수다"라고 말하는 사람들이 많이 있지만, 보수가 무엇이며, 그 가치와 존재 이유가 무엇인가를 모르는 사람들이 많은 듯하다. 보수(保守)라고 하는 말은 글자 그대로 무엇을 지킨다는 말인데, 과연 무엇을 지키겠다는 것인가?

보수가 지향하는 이념을 나름대로 정의를 하자면, 보수란 과거의 도덕적 가치와 윤리적 전통을 잘 보존하고, 법질서를 준수하는 것이라고 할 수 있을 것이다. 그런데 과거 보수주의자들과 보수 정권들이 윤리와 도덕적 전통(傳統)을 얼마나 잘 지켰으며, 법질서를 얼마나 잘 지켜 왔는지 묻지 않을 수 없다.

우리나라 역사를 되돌아보아도 보수가 수구(守舊)해야 할 가치를 도저히 찾을 수가 없다. 조선 시대는 그만두고, 해방 이후 우리나라 근세사를 살펴보아도, 역시 보수 정권에서 공헌한 바를 찾을 수가 없다는 말이다. 그런데도 눈멀고 귀먹은 늙은이들이 자칭 보수라고 하면서 깃발을 흔드는 것을 보면 한심하기 짝이 없다.

그런 면에서 내가 경상도에 살고, 나이가 많다는 것만으로 보수로 취급받는 것이 억울하기도 하다. 나는 과거 정권에서 내가 꼭 지키고 싶은 이념이나 사상이나 가치를 발견할 수가 없기 때문이다.

이승만 정권, 박정희 유신 정권, 전두환, 노태우 정권, 그리고 이명박 정권 모두가 현저하게 법질서를 파괴했기 때문이다. 그리고 박근혜 정권도 "최순실 국정농단사건"이 보여 주는 대로 엄청난 법질서 파괴와 도덕적 규범을 범하는 잘못을 저질렀다. 특히 헌법 질서 파괴라는 면에서 한국 역사상 그 유래를 찾기 힘들다고 여긴다.

이렇게 과거 보수주의자들이 저지른 검은 역사는 아무리 감추고 덮으려 해도 온통 썩은 냄새가 진동하는 것을 어찌할 수가 없다. 그리고 보수를 표방하는 사람들의 면면을 살펴보면 친일파

후손들이거나 독재 정권의 후대들이 많은 것 같다. 이들은 자기들의 기득권을 지키려고 발버둥을 치는 것이라고 여겨지기 때문이다.

과거 정권과 거기에 속했던 사람들을 지지하는 것만으로 보수라고 한다면, 보수의 존재가치는 벌써 소실되었다는 것을 분명히 알아야 할 것이다. 과거 일제와 자유당, 그리고 한나라당과 새누리당, 그리고 국민의힘 당 등, 어떤 당을 지지하는 것이 어떻게 보수가 되겠는가 말이다.

앞으로 우리는 어떤 특정인이나 정당을 지지하는 것으로 보수라고 할 것이 아니라, 과거의 도덕과 윤리의 전통을 고스란히 잘 지키고, 법질서를 준수하는 진정한 보수를 해야 할 것이며, 오늘날 그러한 진정한 보수주의자가 절실히 요구되는 시점이라 하겠다.

심한 고뿔을 앓고 있는 미국

얼마 전 우리 부부가 나의 팔순기념으로 한 달 동안 미국을 다녀왔다. 이번 기회가 마지막이라는 생각으로 무리한 행군을 했다.

첫 일정으로 3박 4일 코스로 서부관광에 나섰다. 모하비 사막을 온종일 달려 세계 최고의 위락도시인 라스베이거스에 도착하였다. 다음날 신의 예술품이라고 불리는 브라이스 캐니언, 신의 정원이라고 불리는 자이언 캐니언, 신의 걸작품이라고 불리는 그랜드 캐니언을 관광했다.

다시 LA로 돌아와서 친척 집에 머물면서 또 3박 4일 일정으로 호놀룰루(Honolulu)로 날아가 와이키키 해변, 폴리래 시안 민속촌, 그리고 다른 관광지를 둘러보았다.

그리고 다시 LA로 돌아왔다가 동부 관광에 나섰다. 5시간 넘게 비행기를 타고 뉴욕에 도착한 후 미국과 캐나다 국경 지역에 있는 나이아가라 폭포 등을 관광했다. 다시 뉴욕으로 돌아와 맨해튼에 있는 유엔 본부와 엠파이어스테이트 빌딩, 자유의 여신상을 보고, 백악관 앞 정원과 전직 대통령들의 기념관을 관람했다.

다시 LA로 돌아왔는데 시애틀에 있는 사촌이 비행기표를 보내와서 시애틀로 날아가 Snoqualmie Palls Park와 Space Needle을 관광하고 LA로 돌아왔다. 이들 지역은 같은 나라이지만 비행기로 5~6시간이나 걸리고 기온 차도 20도가 넘는다. 그래서 내 몸이 무리가 되었는지 돌아오기 이틀 전부터 몸살을 앓았다. 14시간의 비행시간을 포함하여 총 24시간 만에 집에 도착했지만, 몸살감기로 한참을 알았다.

우리가 잘 아는 대로 미국이라는 나라는 콜럼버스(Columbus)가 대륙을 발견하였고, 퓨리턴들이 이곳으로 이주하여, 대영 전쟁과 남북전쟁을 거쳐 지금의 미합중국이 되었다. 이 미국은 누가 뭐라 해도 세계 초강대국임에는 틀림이 없다. 그러나 비록 수박

겉핥기이긴 하지만, 미국의 맛은 그리 달콤한 것은 아니었다. 미국이라는 수박 속에는 수많은 고뿔 바이러스가 대국의 속을 갉아먹고 있었다. 그 바이러스는 여러 가지지마는 대략 서너 가지로 요약해 보려 한다.

첫째는 백인체제의 붕괴라는 바이러스다.

미국의 인구가 2억 5천만 정도인데, 흑인이 6~7천만 정도이고, 여러 다른 민족들이 혼합되어 있다. 과거엔 종이었던 흑인들이 기세가 등등해지고, 심지어 대통령까지 배출되었다. 그리고 더 큰 문제는 백인들은 아이를 많이 낳지 않지만, 흑인들은 자녀를 많이 낳는다는 것이다.

자녀만 많이 낳으면 아무 일을 하지 않고도 먹고 살 수 있는 제도가 있어, 흑인들의 인구는 기하급수적으로 불어난다는 사실이다. 이들은 다소 과격한 성격이기 때문에 누르면 누를수록 용수철처럼 튕겨 올라온다. 그래서 잘못하면 LA 폭동과 같은 큰 변이 일어날 수도 있다는 것이다. 그래서 이들은 장차 미국의 장래에 큰 변수로 작용할 것으로 보인다.

둘째는 도박이라는 바이러스다.

이 도박이라는 왕은 두 개의 장군을 거느리고 있는데, 향락이라는 장군과 마약이라는 장군이다. 비록 도박의 도시인 라스베이거스가 아니더라도, 미국의 웬만한 가게 구석에는 Cassino 기계가 한두 개쯤 설치되어 있다. 요행 심리가 판을 치고 동시에 뒤따르는 마약과 향락이라는 장군의 졸개들이 맹위를 떨친다. 마약 중독자는 맨해튼 거리나 뉴욕의 구석진 곳에서 쉽게 찾아볼 수 있을 지경이다. 그리고 미국의 홍등가는 불이 꺼지지 않는다. 도덕적 해이도 도를 넘었다. 이 또한 미국을 좀먹는 바이러스라고 해도 과언이 아닐 것이다.

셋째는 비만과 낭비벽이라는 바이러스다.

미국이 세계적인 경제 대국이다 보니 먹거리가 넘쳐난다. 뉴욕의 맨해튼은 동서가 4㎞에 남북이 20㎞며, 인구는 250만 명 정도가 사는 하나의 섬이다. 그러나 주간에는 매일 750만 명이 북적댄다고 하는데, 이 맨해튼에서 버리는 음식만으로도 아프리카의 한 부족을 살릴 수 있을 정도라는 것이다. 많은 사람이 만삭의 배를 끌어안고 버거워하고 있으며, 코끼리 다리를 하고도 용케도 잘 굴러다닌다.

그리고 우리나라처럼 분리수거라는 것이 없어서 자동차를 비롯하여 가구와 음식 등, 아무것이나 한꺼번에 버리는 것이 습관화되어 있다. 하지만 그 누구도 죄책감을 느끼지 못하는 것 같다. 물건만 버리는 것이 아니라 양심도 버리고, 이제 인간도 한번 쓰고 버리는 일회용이 되어 가고 있어 보인다.

넷째는 탈 종교화의 바이리스다.

본래 신대륙은 영국의 퓨리턴(Puritan)들이 종교의 자유를 찾아 이 미국이라는 신대륙에 정착한 것이 아닌가? 그러나 지금은 그 청교도 정신은 온데간데없고 물질만능주의와 권력 지상주의, 그리고 각종 요행주의 미신들이 판을 치고 있다.

이제는 교회를 찾아보기조차 힘들어졌지만, 교회가 있다고 해도, 옛날 그 찬란했던 시절의 모습은 찾아볼 길이 없다.

아무리 큰 고목이라도 내부의 딱정벌레들 때문에 섞어 버리는 것처럼, 미국은 그런대로 잘 굴러가고 있는 것 같이 보이지만, 내부의 딱정벌레들로 인하여 지금 심한 고뿔을 앓고 있다는 것을 부정할 수가 없을 것 같다.

물론 우리나라를 비롯한 전 세계가 비슷한 증상을 보이는 것이 사실이지만, 분명 선진 대국인 미국은 더욱 심각해 보인다. 고뿔은 초기에 잡아야 하는 데 마땅한 약을 발명하지 못했다는 것이 우리 모두의 불행이라 하겠다. 다음 정부나 대통령이 또 어떤 처방을 내놓을지 두고 볼 일이다.

집이 사라져간다.

"집이 사라져간다"는 제목을 보고 홍수가 났는가? 아니면 불이 났는가? 왜 집이 사라진다고 했을까? 라는 생각을 하는 분들이 있을 것이다. 그러나 내가 말하려는 집은, 눈에 보이는 건물을 말하는 것이 아니라, 눈에 보이지 않는 집 즉 가정(家庭)을 말하는 것이다.

은퇴하면서 터가 약 700평쯤 되는 집을 마련했는데, 나이가 들고 보니 터가 넓고 집이 큰 것도 큰 부담이 된다. 아내도 와병 중이라 집이 철 지난 원두막 같아서 사방에서 불어오는 바람이 쌩쌩 소리를 내며 지나가고, 허허벌판에 찬 서리 맞으며 외롭게 서 있는 허수아비 같다는 생각이 든다.

뜻글자인 한문으로 가정(家庭)이라고 하면, 집 가(家) 자에 뜰 정(庭)자를 쓴다. 집 가(家)자는 갓머리 면(宀)자 밑에 돼지 시(豕)자를 넣어 만든 글자이다.

본래 집 면(宀)자는 옛날 움집을 상징해서 만든 글자인데, 사방이 지붕으로 씌워져 있는 것을 의미하는 글자이다.

옛날 농경시대의 집의 개념은 움집(宀) 밑에서 돼지를 기르는 것이었다. 그러나 농경시대가 변해 산업사회로 접어들면서, 집의 개념이 많이 달라지고 말았다. 아직 집안에서 돼지를 키우는 사람이 어디 있겠는가? 그럼 집(家)이라는 개념도 바뀌어야 하는데, 집 면(宀)자 밑에 들어가야 할 가장 적당한 글자가 무엇일까? 그리고 현대적인 의미가 무엇일까? 하는 질문을 던져 본다.

집 면(宀)자 밑에 여자 여(女)자가 들어가면 편안할 안(安)자가 되는 것처럼, 온전한 집이 되려면 면(宀)자 안에 두말할 것도 없이 아내, 즉 여자가 들어가야 한다는 생각이다. 그래야 가정다운 가정이 될 것이라 여기기 때문이다.

그런데 문제는 요즘에 다수의 여인이 집에 거하기를 좋아하지 않는다는 사실이다. 아주 작은 일 같이 보이지만 그것이 곧 가정

집이 사라져간다.

파탄의 요인이 될 수 있다는 생각을 떨칠 수가 없다.

물론 직장생활을 하는 부부도 있지만, 밖으로 나도는 여인이 많을 뿐 아니라, 그것보다 아예 결혼도 하지 않고, 혼자 사는 남녀가 많아지고 있는 데서 문제가 발생하는 것이라는 생각이다. 그러므로 작금(昨今)에 있어 가장 중요한 일은 가정을 회복하는 일이라 여긴다.

많은 사람이 오늘날 가정(家庭)을 일컬어 가(家)는 있는데 정(庭)이 없다고들 말하는데 맞는 말이다. 뜰 정(庭)자의 의미는 집 안에 있는 마당을 뜻하는데, 서로 친교를 나누며 정(情)을 통하는 공간을 의미하는 것이다. 하지만 요즘은 그 뜰이 없어지고 그 대신 방이 그 자리를 차지하고 말았다. 남녀노소 할 것 없이 핸드폰과 게임에 미쳐 모두들 "방콕"행이기 때문이다.

이 시점에서 우리는 경제성장도 중요하고 문화 창달도 중요하지만, 무너져 가는 가정(家庭)이라는 소중한 공동체를 다시 회복하는 일이 급선무라 할 것이다. 보이는 건물이 사라지는 것은 다시 지으면 되지만, 보이지 않는 가정(家庭)이라는 집이 무너지면 다시 회복하기가 어렵기 때문이다.

나 어느 날 꿈속을 거닐다

아내를 요양병원으로 보내고 눈물로 밤을 지새우며, 가슴을 쥐어짠 세월이 어느덧 5년이나 지났다. 코로나19 때문에 면회도 자유롭게 하지 못해 안타깝기 그지없다. 아내가 이 상황을 잘 알지도 못한 채 답답한 병실에서 얼마나 나를 그리워하고, 또 서러워할 것인가를 생각하면 가슴이 찢어진다. 그래서 그러한 생각들을 지우려고 유튜브에 "황우 공작소"를 만들어 놓고 여러 가지 공작을 해보기도 하고, 서예도 하는 등, 별의별 노력을 다해 보지만 마음이 아프기는 마찬가지다.

그래서 그런지 지난밤에는 한 꿈을 꾸었는데, 아내가 성한 사람처럼 일어나서 이민(移民)을 가겠다고 서둔다. 아무리 말려도 소용이 없어 그럼 나도 가겠다고 했지만, 여권 기간이 만료되어 나는 불가능하다는 것이다.

꿈이긴 하지만 너무 이상해서 자리에서 일어나 보니 새벽 4시쯤이었다. 아마도 아내가 견디기가 힘드니까 세상을 떠났으면 하는 생각을 하면서 몸부림치는 것이 내게도 텔레파시로 전달되는 것은 아닐까 하는 생각에 다시 잠을 이루지 못했다.

자리에서 일어나 하나님께 간절히 기도를 드렸다. "하나님! 아내와 함께 내 영혼도 불러가소서. 20년 기도의 응답 받아 목사도 되었고, 부족했지만 40여 년이나 목회도 했으며, 시인, 작가라는 호칭도 들어보았고, 아내와도 60년 가까이 살았으며, 여든을 넘겨 살 만큼 살았으니, 이젠 제게 아무 여한이 없습니다. 1시간여 동안 떼를 쓰면서 기도를 드렸지만 속은 여전히 텅 비어 있는 느낌이다.

그래서 성경을 펼쳐 들었다. 오늘은 구약 시편 38편부터 읽을 차례인데, 한 구절 한 구절마다 내 심금을 울렸다. 아내를 돌보는 동안 나도 병을 얻어 척추치료 약, 심장약, 정신과 약까지 먹고 있기 때문이다.

* 시 38: 2~11절 "주의 화살이 나를 찌르고 주의 손이 나를 심히 누르시나이다.... 나의 죄로 말미암아 내 뼈에 평안함이 없나이다.... 내가 아프고 심히 구부러졌으며, 종일토록 슬픔 중에 다니나이다. 내 허리에 열기가 가득하고, 내 살에 성한 곳이 없나이다... 내 심장이 뛰고 내 기력이 쇠하여 내 눈의 빛도 나를 떠났나이다." 라는 말씀들이 어쩐지 지금 나의 상황과 내 심정을 그대로 표현한 것 같아 눈물을 흘리면서 두 번 세 번 다시 읽었다.

특히 11절에 "내가 사랑하는 자와 내 친구들이 내 상처를 멀리하고 내 친척들도 멀리 섰나이다."라는 말씀이 잘 박힌 못과 같이 내 가슴에 박힌다. "오랜 병에 효자 없다"는 말과 같이, 내가 오래도록 어려움을 당하다 보니, 많은 사람에게서 관심 밖으로 밀려나는 것 같아 얼마나 가슴 아픈지 모르겠다.

그리고 또 16절 말씀에 망자존대(妄自尊大)라는 말씀이 나오는데(개역개정 번역에는 스스로 교만한 것이라고 번역하였다.) 그 말씀이 내 가슴을 찔렀다. 그동안 되지도 못한 것이 무슨 벼슬이나 한 것처럼, 하나님 앞에서나 사람 앞에서 망자존대 하지는 않았던가? 하는 생각도 해보았다.

계속 시편을 읽는 중에 하나님의 응답하시는 음성이 들렸다. 시편 42편 5절과 11절, 그리고 43편 5절에 세 번이나 계속해서 같은 말씀으로 내게 말씀하시는 것이다.

"내 영혼아 네가 어찌하여 낙심하며 어찌하여 내 속에서 불안해하는가. 너는 하나님께 소망을 두라. 그가 나타나 도우심으로 말미암아 내가 여전히 찬송하리로다." 아멘.

"주여! 내 뜻대로 마시고 당신 뜻대로 하소서"라고 기도한 후에 다시 정신을 차리고 오늘의 영적인 전투에서 승리를 다짐하며 두 주먹을 불끈 쥐어 본다.

D. 발광의 시대를 말한다.

발광의 시대를 말한다.

신구약(新舊約) 중간사(中間史)를 보면 해롯 가(家)에 대한 이야기가 많이 나온다. 대 해롯은 내장에 종기(암?)가 나고, 복부와 등에 부종이 생길 뿐만 아니라, 경련과 천식으로 고통이 심하여 70세를 넘기지 못하고 자살했다고 전한다.

이 대(大) 해롯을 이어 그 아들 삼 형제가 나라를 3등 분하여 다스렸는데, 유대지방은 아켓나오, 갈릴리와 베뢰아는 해롯 안티파스(BC4년~AD39년), 요르단 지방은 빌립이 다스렸다.

마가복음 6:17절 이하를 보면, 해롯 안티파스가 자기 동생 빌립의 아내(이복동생 대 헤롯의 손녀라고도 함)를 빼앗았다. 그리고 왕의 자리를 빼앗길까 봐. 하스몬가를 몰살하고, 아내 마리암내(Mariamne)와 장모 알렉산드라, 그리고 두 아들, 알렉산더와

아리스토 불루스도 죽였다.

그뿐만 아니라, 세례 요한까지 죽이고, 그 목을 소반에 담아서 자기 딸에게 선물로 주는 패륜을 저질렀다. 이같이 헤롯 안티파스는 성격이 매우 간교하고 잔인했기 때문에 예수님도 그를 여우라고 한 것이다.

그리고 식도락(食道樂)을 위해 식탁 옆에 요강단지를 두고 먹은 것을 토하고 다시 식도락(食道樂)을 즐겼다는 것 아닌가! 그리고 자기가 죽으면 울어줄 사람이 없을 것을 알고, 자기가 죽는 날 전국의 요인들을 암살하라는 명까지 내렸으나, 실행되지는 않았다고 전한다. 그래서 어떤 역사학자는 그 시대를 일컬어 "발광의 시대"라고 했다. 마찬가지로 오늘 이 시대를 "발광의 시대"라고 부르고 싶다. 왜냐하면, 미치지 않고서는 할 수 없는 별의별 끔찍한 사건들이 너무나 많이 일어나고 있기 때문이다.

그중에 간접살인이라고 할 수 있는 "먹방"이라는 프로그램이 유행하고 있다는 사실이다. 요즘 여러 매스컴(mass communication)에서도 호황을 누리고 있다. 이 "먹방"이라는 말이 그대로 외국에까지 널리 알려져 이제는 전 세계적인 호칭이 되었다고 한다. 이 "먹방"을 보면 엄청난 식사량이라 깜짝깜짝 놀라지 않을 수 없다.

옛날에도 식사량이 많은 사람이 있긴 있었다. 주로 남의 집에 머슴들이 그러했는데, 큰 사발에 밥을 한가득 담고, 그 위에 고봉으로 또 한 그릇이 더 올라간 밥을 순식간에 먹고, 누룽지 한

발광의 시대를 말한다.

그릇까지 게 눈 감추듯 하는 것을 보고 놀라기도 했었다. 그러나 그들은 노동을 많이 하였기 때문에 아무도 그들을 탓하거나 나무라지 않았다. 그런데 요즘 "먹방"은 생산을 위한 것이 아니라, 남에게 보여 주기 위한 쇼라는데 문제가 있다.

가끔 "먹방"을 보면 너무나 엄청나게 먹어서 기가 막힐 정도다. 아마도 이 늙은이 혼자 먹으면 1~2주간도 넉넉히 먹을 수 있는 양을 한꺼번에 다 먹어 치우는데, 그러한 행위는 아무리 좋게 생각하려 해도 좋게 생각할 수가 없는 노릇이다. 열량으로 따지거나, 돈으로 계산한다면, 제3 세계의 굶주리는 어린이들이 적어도 1~2개월은 그 생명을 이어갈 수 있을 것 같은 열량인데, 그 많은 음식을 혼자 한 끼에 다 먹어 치우는 꼴은 "발광"이라는 말밖에 나오지 않는다.

분명히 말하지만, "인구는 기하급수적(幾何級數的)으로 늘지만, 식량은 산술급수적(算術級數的)으로 늘어난다."는 사실을 잊어서는 안 될 것이다. 그리고 우리나라는 식량 자급률이 30%도 안 되기 때문에 언젠가는 분명히 "글로벌 곡물 파동"이 올 것이라는 사실은 뻔한 사실이다. 어디 장난할 게 없어서 귀한 먹거리를 가지고 그런 장난을 한다는 말인가? 아무리 생각해도 미친 짓이 아닐 수 없다.

이 "먹방"은 결국 자기도 비만이 되어 생명을 단축하는 일인 동시에, 그 "먹방" 프로그램을 보는 이들도 호기심으로 과식하게 되기 때문에 역시 남을 해롭게 하고, 과소비하게 되는 것이다. 그리고 배고픔으로 잠 못 이루는 많은 사람을 두 번 죽이는 결과를 낳기 때문에 광란이라 해도 지나치지 않을 것 같다. 지금 우리가 누리는 이 풍요는 우리 윗세대들이 허리띠를 졸라매고 피땀을 흘린 결과이며, 그리고 우리 후세대의 것을 미리 앞당겨 취하는 것이기 때문에 더더욱 그렇다.

이렇게 말하면 노파심(老婆心)이라 핀잔을 할지 모르지만, 우리 젊은 세대들이 지금 좀 풍요롭다고 이런 짓을 해서 당장은 돈을 벌고, 인기를 얻을 수 있을지는 몰라도, 이는 곧 자타(自他)를 죽이는 소행이기 때문에 당장 멈추어야 한다. 그리고 지금부터라도 모든 매스컴에서 이런 방송도 중지해야 한다고 강력히 주장하는 바이다.

껍데기를 벗어 던져라.

인간은 어머니 뱃속에서부터 한 작은 "틀" 속에 갇혀 살았다. "태"라는 "틀"과 "자궁"이라는 "틀" 말이다. 그러나 얼마나 좋은 "틀"인가! 온도와 습도, 그리고 영양이 모두 안정적으로 공급되는 최고급 "틀"이며, 그리고 그 "틀"이 하나의 우주였다. 그렇다고 안주(安住)할 수도 없지만, 거기에 안주해서도 안 되는 것이 인간의 운명이다.

그 "틀"을 박차고 껍데기를 벗어 던져야 새 세상, 그야말로 신천지가 그 앞에 펼쳐지는 것이다.

인간이 이 세상에 탄생했다고 해도 그 어떤 "틀"을 완전히 벗어나는 것은 아니다. 또다시 "틀" 속에 갇혀 사는 것이 인간이다. 가정이라는 "틀", 직장이라는 "틀", 사회와 제도와 이념이라는 "틀"들이 있다.

지금 우리는 대한민국이라는 국가의 "틀" 속에 살지만, 이북은 "공산주의"라는 "틀"에 갇혀 산다. 그뿐 아니다. 우리는 아주 큰 대우주 안에 조그마한 소우주에 속한 지구라는 "틀"이 우리를 속박하고 있는 것이다.

내 이야기를 하자면 길다. 나도 13세 때부터 기독교라는 "틀"에 갇혀 살다가 26세부터는 스스로 목회자라는 "틀" 속에 갇혀 살기 시작하여 40여 년을 그 "틀"에서 벗어나지 못했었다.

법적으로는 일흔까지 그 "틀" 속에서 안주할 수 있도록 보장되어 있었지만, 예순다섯에 그 "틀"을 과감히 깨고 밖으로 나온 것이다. 말이 그렇지 모아놓은 재물도 없이 처자식을 거느린 사람이 두 손 들고 자원은퇴(自願 隱退)를 한다는 것은, 모세의 출애굽만큼이나 어려운 일이었다. 40여 년 동안 몸담은 그 "틀"은 의외로 단단했기 때문에 대단한 용기와 결단이 필요했다.

막상 껍데기를 벗고 밖으로 나오기는 했지만, 앞이 막막했다. 불안했다. 때로는 자다가도 가슴이 뛰고, 원인 모를 생 땀이 흐르기도 했다. 그 후에도 막연한 공포와 두려움이 있었지만, 부단히 탈출을 시도하였다. 번데기가 스스로 만든 고치라는 "틀"에서 벗어나야 상상 초월의 자유로운 세계를 맛보는 것과 같이 말이다.

그러한 불안과 공포에서 벗어나기 위해서는 마음과 몸이 한가로워서는 안 된다고 생각했다. 그래서 열심히 집 안팎을 증·개축(remodeling)하고, 연못도 파고, 과목을 심고, 농사일하였다. 그리고 손수 40여 평의 우사(牛舍)를 짓고, 다섯 마리 소를 먹이기도 했으며, 토끼와 염소, 칠면조 등도 기르고, 양봉도 하였다.

그렇지만 잠이 들기 전에는 초조하고 불안하여 견디기가 힘들어 몸을 치 떨곤 했다. 그래서 또 다른 탈출을 시도해야겠다고 생각했다. 일흔 살에 승마를 배우기 시작하였다. 일흔이면 노인이라고 승마장에서 등록도 해 주지 않는 것이 상례였지만, 비교적 건강하게 보였던 탓에 등록을 해 주었고, 3개월 동안 연습을 한 후에 말을 타고 외승(外乘)을 하며 밖으로 나가 산과 들로 쏘다니기 시작했다.

아예 말을 한 마리 사서 집에서 타기로 작정하고, 마사(馬舍)를 지었고, 우천(雨天)이라도 말을 탈 수 있도록, 지름 20m 정도의 원형 트랙을 만들고, 지붕을 덮어 전천후 승마장을 마련했다. 이렇게 일흔에 승마를 시작하여 일흔다섯까지 말을 탔나. 그러나 내가 일흔다섯 되던 해 말이 폐사하는 바람에 지금은 말을 타지 못하고 있지만, 말을 타고 온 산천을 누비며 자유를 만끽했었다.

그렇다고 또 거기에서 안주하고 싶지 않았다. 또 다른 탈출을 해야 하고, 또 다른 탈출이 필요했다. 그래서 그동안 늘 갈망해

왔던 시인의 꿈과 수필가의 꿈을 위해 투자하기로 마음먹었다. 그래서 결국 일흔다섯에 세 개의 문단에서 시와 수필에 등단하였고, 오늘에 이르렀지만 좀 더 일찍 탈출하지 못한 것이 한스럽다.

물론 우리 인간이 일평생 벗어나지 말아야 할 가정이라는 "틀"과 국가라는 "틀"도 있지만, 인간이 만약 다른 어떤 고정 관념의 "틀"에서 탈피하지 못한다면, 고인 물처럼 마음과 육체가 썩고 말 것이다.

오늘은 탈출의 시대이다. 탈이념 시대요, 탈 고정 관념의 시대이며, 탈 우주 시대가 되어 가고 있다. 어떤 보이지 않는 "틀" 속에 안주하지 말고, 실패하더라도 탈출하라고 권하고 싶다. 그리하여 조그마한 한반도 땅을 벗어나 동양으로, 아니 전 세계로, 그리고 저 광활한 우주로, 더 넓고 더 큰 상상의 세계로 나래를 활짝 펴고 더 높이 도약하였으면 하는 바람이 간절하다.

배신의 시대를 사는 우리

세상엔 많은 동식물이 있다. 그것들이 이 세상에 살아남기 위해서는 생명을 건 투쟁을 하여야 한다. 동물들의 진화 과정을 보면 그 환경에 적응하면서 진화했다고 볼 수 있다. 치타와 같은 동물은 빨라야 살아남을 수 있으니까 빠른 발을 가진 동물로 진화

했고, 나무늘보와 같은 동물은 느려야 살아남을 것으로 판단했기 때문에 느리게 행동하는 종(種)으로 진화한 것이라 여긴다. 그래서 어떤 동물은 나무 위로 올라가고, 어떤 동물은 물속으로 들어가고, 어떤 동물은 땅속 깊이 들어가서 생존을 이어가는 것이다.

식물도 마찬가지다. 대나무와 같은 식물은 키가 커야 생존확률이 높으므로 키를 높이고, 민들레와 같은 식물은 땅에 납작 엎드려야 살 수 있으므로 그렇게 진화해 온 것이며, 독을 지니거나 가시로 자기를 방어하는 쪽으로 진화했다고 볼 수 있다.

사람도 예외는 아니다. 이 세상에서 처세하는 방법으로 어떤 것이 유리할까를 심사숙고한 끝에 결정하는 것이다. 대쪽같이 사는 것이 유리하겠다고 생각하는 사람이 있는가 하면, 버들과 같이 유연해야 더 유리하다고 생각하는 사람도 있을 것이다. 전기뱀장어와 같은 동물은 자기를 위해 무시무시한 전기로 무장을 하는 종(種)도 있고 다른 무서운 독을 가진 동물도 있듯이 말이다.

그러다 보니 사람도 저마다 자연스럽게 색깔을 지니게 마련이다. 어떤 사람은 항상 열혈적인 붉은색을 가지는가 하면, 또 어떤 사람은 항상 평화로운 푸른색을 갖기도 하고, 또 어떤 사람은 아예 자기 색깔이 없이 시류(時流)에 맞추어 그때그때 색깔을 바꾸는 사람도 있다. 특별히 요즘과 같이 격변의 시대에는 어떤 잘못된 선택이 자신의 명예는 물론 생명을 단축하는 결과를 가져오기 때문에 선택은 아주 중요한 것이 아닐 수 없다.

요즘 우리나라의 시국이 몹시 시끄럽다. 난세에 영웅이 난다는 말도 있지만, 사회가 어려울 때 진짜 참 인간다운 인간을 발견할 기회가 되기도 한다. 시국이 어려울 때 참 애국자가 나오기도 하고 매국노가 나오기도 한다. 물론 그래서 더욱 그들의 잘못된 만행이 백일천하에 드러나기도 하는 것이다. 어려울 때 보아야 참 친구를 알 수 있으며, 그 사람의 됨됨이를 알 수 있다. 오늘 이런 카멜레온과 같은 간신배들의 삶의 행태를 후대들이 배울까 걱정이 된다.

한때 보스의 비리를 알고도, 온갖 술수를 써가며 옹호하거나 숨기면서 여러 가지 이득을 취했던 자들이, 그것이 들통이 나니까 하루아침에 등을 돌리는가 하면, 모두 손가락을 주군에게 돌리고 있는 형국이니 말이다. 그래서 이 시대를 배신의 시대라고 말하고 싶어지는 것이다. 이런 것이 바로 낮에는 쥐로 밤에는 새로 변하는 박쥐의 양태라 하겠다.

사람도 동물로 분류되지만, 사람에게는 동물에게는 없는 염치가 있다. 그런데 생존을 위한답시고 인간이 지녀야 할 최소한의 염치마저 저버리고 카멜레온과 같은 동물로 전락하는 것을 보니 한심한 생각이 든다.

비록 자기에게 손해가 되는 일이라고 해도 자기의 선택에 대한 책임을 지고, 분명한 색깔을 지니고 사는 것이 부끄럽지 않은 인간적인 삶이라고 여겨진다.

끝까지 의리를 지키고 신하의 도리를 다하다가 죽임을 당한 사육신의 충성심과 인간미 넘치는 의리의 사람이 절실하게 요구되는 현금(現今)이라 하겠다.

우리 모두 인간관계에 있어서나 사회생활에 있어서 하늘 우러러 한 점 부끄럼이 없는 삶을 살아 "정의가 물 같이, 공의가 마르지 않는 강같이"(암 5:24) 흐르는 사회를 만들었으면 얼마나 좋을까.

언어폭력 시대

우리 인간은 말을 하는 동물이요, 우리가 사는 이 사회는 의사소통(意思疏通)의 장(場)이다. 의사소통의 방법은 여러 가지가 있지만, 그중에 으뜸이 언어일 것이다.

언어 곧 말은 그 사람의 인격을 나타내는 척도(尺度)이기 때문에 어떤 말을 구사하느냐에 따라 그 사람의 인격을 가늠해 볼 수가 있다. 이렇게 말의 필요성과 유익성에도 불구하고 말의 폐단도 한둘이 아니다. 이같이 가장 소중한 것도 말이요, 가장 잘못되기 쉬운 것 또한 말이다.

말로 사람을 죽이기도 하고 살리기도 하며, 사람이 불행해지기도 하고, 행복해지기도 한다. 자기가 구사하는 말에 따라 흥하기도 하고 망하기도 하는 것이다. 그래서 말은 없어서도 안 되겠지만, 잘 못하면 그 말이 자기의 손발에 올무가 될 수도 있고, 많은 사람을 해치는 무기가 될 수도 있는 것이다.

얼마 전에 TV 대담 프로그램에 나온 어떤 여성이 자기 아들에게 꾸중을 하다가 말문이 막히면 "너 집 나가!"라고 한단다. 그러면 아들은 "내가 왜 나가. 이렇게 좋은 곳을 놔두고. 집 나가면 개고생이라."고 대꾸한다는 것이다.

심지어 어떤 사람은 "너 같은 자식은 우리 가문에 필요 없다." "내가 너를 낳은 걸 후회한다." "나가 죽어" 등등의 말을 예사로 한다는 것이 아닌가. 말은 그의 인격이요. 운명이라는 것도 알아야 하겠고, 말이 씨가 된다는 것을 깊이 생각해야 하겠다.

이같이 요즘 우리는 언어폭력 시대에 살고 있다. 아이들도 "너 죽인다."는 말을 예사로 한다. 자기도 모르는 사이에 언어폭력을 행사하는 것이다. 깜짝 놀랄만한 더러운 말, 비어(卑語) 속어(俗語) 은어(隱語) 등을 쏟아 놓고도 태연하게 생각한다. 모두가 입술이 부정(不淨)하고, 동시에 부정한 백성 중에 살기 때문일 것이 분명하다.

탈무드에 보면 험담이 세 사람을 죽인다고 했다. 하나는 말을 듣는 사람을 죽이고, 다른 하나는 험담의 대상이 죽고, 또 하나는 지금 험담하고 있는 바로 자신이 죽인다고 했다. 험담하는 그 사람의 심령이 황폐해져서 그의 운명이 삐뚤어져 갈 뿐만 아니라, 결국 그 말 때문에 낭패를 당하거나 벌을 받기 때문이다.

비방하기를 좋아하는 사람이 비방 받지 않고 사는 것을 보았는가? 불평만 하는 사람이 평안한 삶을 사는 것을 보았는가? 절망적인 말을 하는 사람이 긍정적인 삶을 사는 것을 보았는가? 부정적인 말만 하는 사람이 성공하는 것을 보았는가? 늘 불만의 감정을 가지고 사는 사람이 감사하고 행복한 삶을 사는 것을 보았는가? 한마디로 나는 아직 보지 못했다.

그러므로 우리가 명심해야 할 것은 우선 말이란 불씨라는 사실이다. 많은 것을 불태우기 때문이다. 그리고 말은 검(劍)이다. 메스와 같이 많은 사람을 죽이기도 하고 살리기도 한다. 그리고 말은 벽돌과 같다. 벽돌 한 장 한 장 쌓아 집을 짓는 것과 같이 자기 말로 자기 집을 짓는 것이다. 그리고 말은 누에 입에서 나오는 실과 같다. 누에가 끊임없이 입에서 실을 뽑아 고치를 만들 듯, 사람은 말로 자기 운명을 짓는 행위이다. 그리고 말은 말(馬)이다. 발 없는 말이 천리(千里)를 간다고 하지 않는가? 그리고 말은 미래로 가는 인생의 유일한 터널이다. 이 터널을 통과하지 않으면 성공이라는 미래로 갈 수가 없다는 사실이다.

언어폭력 시대를 사는 우리가 우리의 말을 소금으로 고르게 하듯 하여, 우리 가정과 사회가 좀 더 부드럽고 화목하며, 살맛 나는 삶이었으면 얼마나 좋을까! 하는 생각을 해 본다.

눈물이 말라가는 사회

왠지는 모르나 요즘에 내가 부쩍 눈물이 많아진 것 같다. 감동 적인 음악을 듣거나 영화를 보다가도 눈물이 나고, TV에서 슬픈 사연을 보아도 눈물이 뺨을 타고 흐른다.

이 눈물은 우리 집안의 내력인 것만 같다. 우리 어머님은 유난 히 눈물이 많으신 분이셨다. 이웃이 아픔을 당하면 그 아픔을 자 신의 것으로 여기고 한없이 우시곤 하는 것을 보았다.

요즘 사람들이야 소설이나 만화나 드라마를 보고 울지만, 그때 어머님은 실제 상황을 보고 우셨다. 이웃집의 소가 아파도 우셨 고, 친구 아들이 군대에 가도 우셨고, 시집을 보내는 이웃을 보고 도 우셨으며, 장례 행렬을 따라가면서도 우셨다. 일할 때 타령을 부르면서도 우셨다. 좋아도 우셨고 슬퍼도 우셨다. 우셔야만 했 던 이유가 어찌 한두 가지였겠는가?

그래서 예배당에 가실 갈 때는 성경 찬송가는 물론 수건도 함께 가지고 가셨다. 기도하시되, 형님을 위해 100일, 나를 위해 100 일, 이렇게 작정 기도를 여러 번 하셨다. 그 기간에는 마룻바닥에 엎드려 기도하시다가 잠이 들면 그대로 주무시고, 또 잠이 깨면 기도를 하신다. 그 기간에는 한 번도 두 다리를 펴고 주무시지 않 았다. 그래서 어머님이 기도하시던 마룻바닥은 눈물 자국으로 얼 룩져 있었고 하도 닦아서 반들반들 빛이 나기도 했다.

나도 개인적으로 눈물을 많이 흘리면서 자랐다. 어머니가 젖이 없어 암죽을 먹고 자랐기 때문에, 배가 고파서 많이 울었다고 들었다. 어린 시절에는 부모님들은 아침 일찍 들에 가시고 할머니와 같이 집에 있으면서 들에 간 엄마가 돌아오기만을 기다리며 운 울음 또한 많았다고 들었다.

소년 시절도 일제 치하에서 밥그릇은 물론 숟가락까지 공출당하는 서러움 때문에 울었고, 별로 귀하지 않은 가문에 태어났기 때문에 남에게 천대를 받아서 울었으며, 돈과 권력을 가진 사람들에게 많은 것을 빼앗겨 운 울음 또한 얼만지 모른다.

그리고 가정 형편상 중학교 진학을 못 하고 집에서 가사를 돌볼 때 학생 모자를 쓴 친구들을 보면 돌아서서 눈물을 훔치곤 했었다. 내 유소년 시절은 그렇게 울음으로 보낸 것 같다.

장년이 되어서도 목회를 한답시고 제대로 부모님 한번 잘 모시지도 못했는데, 일찍 부모님을 여의어서 가슴을 치고 울었으며, 목회하면서도 너무 어려운 나머지 두 부부가 서로 끌어안고 몸부림치며 많이도 울었다. 그뿐 아니라, 성도들의 아픔을 내가 끌어안고 강단에 엎드려 밤을 지새우며 흘린 눈물, 그 눈물을 어찌다 헤아리겠는가!

그런데 요즘 우리 사회가 차츰 감정이 메말라가고 있는 것 같아 안타깝기 짝이 없다. 과거와 달리 눈물이 마른 시대가 되어 간다는 말이다. 학교엘 가도 눈물이 없고, 양로원엘 가도 눈물이 없고, 교도소를 가도, 병원을 가도 눈물이 없고, 장례식장엘 가도 눈물이 없다. 요즘 끔찍한 존속살인 사건들이 줄을 잇고 있는데도 눈물이 없다. 사회가 그만큼 비정해지고 각박(刻薄)진 반증(反證)이라 여긴다.

우리가 울어야 할 이유가 어디 한둘이란 말인가! 자꾸만 소외되어가는 홀몸노인들을 위해서 울어야 하고, 부모 없는 고아나 장애우들을 위해서도 울어야 한다. 일자리를 잃은 젊은이들을 위해서도 울어야 하고, 무분별한 농수산물 수입으로 망가져 가는 농어민을 위해서도 울어야 한다. 경쟁 사회로 내몰리는 자녀를 위해서도 울어야 하고, 허리 잘린 이 나라를 위해서도 울어야 하고, 압제당하는 북녘의 동포를 위해서도 울어야 한다. 그리고 사리사욕만 챙기는 정치 현실을 위해서도 울어야 하고, 나라와 민족을 위해서도 울어야 하고, 우리 후대(後代) 자손들을 위해서도 울어야 할 것이다.

신학자 크리스소톰(John Chrysostom)은 "죄의 불꽃이 아무리 강렬하다 해도 눈물 앞에서는 맥을 못 춘다. 왜냐하면, 눈물은 허무의 용광로를 끄며, 죄의 상처를 깨끗하게 하기 때문이다."라고 말했다.

우리 사회가 눈물이 말랐다는 사실은 심각한 병통이다. 그냥 덮어 두고 넘어갈 문제가 아니다. 눈물은 인간의 마음과 영혼을 치료하는 특별한 약이기 때문이다.

이 세대를 어이할꼬.

옛날에도 고부갈등이라는 게 있었다. 그러나 시집살이는 의당히 겪어야 하는 것으로 생각했기 때문에 그런대로 잘들 살았다. 그러나 요즘은 시대가 달라졌다. 시부모를 모시고 사는 경우가 극히 드물 뿐만 아니라, 어른들이 현대 문명에 대한 식견이 뒤떨어져 바보 등신이 되어 가고 있기 때문이다.

과거엔 부모가 수십 년 동안 익혀온 경험을 자녀들에게 전수해 주어야만 생존할 수 있었지만, 근래에 와선 오히려 젊은 세대에게 새 문화의 노하우를 배우지 않으면 안 되기 때문이라 하겠다. 그래서 요즘 구세대는 현세대와 감히 맞설 수 없는 처지가 되고 말았다. 그래서 요즘은 고부갈등이 아닌 세대 갈등이라는 말이 유행하는 것이다.

그러나 자녀가 분가해서 따로 산다고 해도, 아무리 세대가 변하고 문화가 바뀐다고 해도, 변하지 않는 것이 하나 있으니, 보이지 않는 정(情)이란 끈이다. 그래서 부모는 자나 깨나 자식 걱정뿐이다. 허리가 꼬부라져도 들에 나가 농사를 하고, 추수하고 나면 제일 먼저 생각나는 것이 자식들이다.

요즘 택배회사나 우체국에 가 보면 도시로 보내는 짐들이 가득가득 쌓인다. 옛날 배고픈 시절만 생각하고 보내기는 하지만, 좋은 먹거리가 넘쳐나기 때문에 시골에서 보내는 것을 달갑지 않게 여기는 경우가 많다고 한다. 그래서 아예 짐을 끌러 보지도 않고 택배 아저씨에게 그냥 가져가라고 하거나, 내다 버리기까지 한다는 것이다.

서울에서 약국을 경영하는 처조카가 있다. 어느 날 어떤 새댁이 약국을 찾아와서 시골 시댁에서 택배로 보낸 쌀이라고 하면서 짐을 뜯어보지도 않고 그냥 갖다주더라는 것이다.

그 쌀부대를 열고 보니 꼬깃꼬깃 뭉쳐진 돈이 10만 원이나 들어 있었다는 것이다. 그 새댁의 연락처도 모르고 해서 그냥 그 돈으로 떡가래를 빼서 온 이웃이 함께 나누어 먹었다는 이야기를 들었다. 얼마나 황당한지 고소(苦笑)를 금할 수가 없다.

이런 못 말리는 세대가 된 원인이 어디 있을까? 옛날에는 나름대로 신부수업이라는 게 있었다. 초등학교도 가지 못하는 어린이도 있었지만, 보통은 초등학교를 졸업하고 진학을 하지 못하는 경우가 많았다. 설령 중학교나 고등학교를 나온다고 해도 몇 년 동안은 신부수업을 받을 시간이 있었다.

이때엔 처녀들이 집안에서 부모로부터 음식 만드는 법이나, 살림살이하는 법을 배우기도 하고, 조용한 시간에는 수(繡)를 놓거나 뜨개질을 하면서 신랑감을 기다렸다.

그러나 요즘은 풍속도가 많이 달라졌다. 초, 중, 고등학교를 졸업하고 나서도 대학을 가야 하고, 대학을 졸업하고도 직장까지 얻어 외지로 나가고 만다. 그러고 보니 요리라곤 라면밖에 끓일

줄 모르는 젊은이들이 많다는 사실이다. 그뿐만 아니라, 조리된 음식에 입맛이 길들어 시골 음식이 입에 맞을 리가 없다. 그래서 이런 안타까운 현실이 되지 않았나 싶다.

과거 우리 부모님들도 우리를 한심스럽게 바라보셨겠지만, 우리 또한 다음 세대를 우려하는 바가 크지 않을 수 없다. 이 못 말리는 세대를 어쩌면 좋을지 걱정이 태산이다. 앞으로의 세대를 생각하면 상상만 해도 어지럼증이다. 하긴 머지않아 우주인들처럼 식사 대신에 알약 몇 개로 대체하는 시대가 올지 모르긴 하지만 말이다.

양심의 칸막이

얼마 전에 뒷집에서 경계측량을 했는데, 우리가 뒷집 땅을 조금 침범하고 있었다. 옛날에는 굽은 경계선을 서로 양해하에 사고파는 일 없이 땅 몇 평 정도는 그냥 주고받았던 것을 문서로 남기지 않았기 때문에 지금에 와서 문제가 되는 것이다.

사실 땅의 경계선이 좀 들어가고 나간다고 해도, 등기상 평수는 그대로이기 때문에 크게 신경을 쓰지 않았지만, 요즘은 도시 화가 되어 가면서 손바닥만 한 땅이라도 서로 양보하지 않으려 하는 것이 현실이다. 그렇기에 이제는 서로 간의 경계가 분명해야 한다. 그렇지 않으면 나중에 이웃과 불목의 원인도 되고, 큰 다툼으로 번지는 경우가 있기 때문이다.

옛날 노아 방주 안에는 사자도 있고, 양도 있었을 것이며, 독수리도 있고 비둘기도 있었을 것인데, 만약 칸막이가 없거나 울타리의 높이가 적당하지 않았다면, 방주 안은 온통 살상의 아수라장이 되었을 것이 분명하다.

따라서 인간의 마음에도 여러 가지 짐승이 살고 있다. 사자 같은 분노가 사는가 하면, 비둘기 같은 평화도 살고, 탐욕스러운 구렁이가 사는가 하면, 사랑스러운 앵무도 사는 것이다. 그런데 마음속에 칸막이가 분명치 않으면 약육강식의 전장(戰場)이 되어 사람의 마음이 쑥대밭이 되고 말 것이다. 다시 말하면 우리 마음속에 경계의 기준을 강화하고, 담장은 높이는 노력이 필요하다는 말이다.

헬라 적인 사고로 예를 든다면, 우리 마음속에 여러 가지 종류의 사랑이 있다. 남녀 간의 육체적이고 정열적인 에로스(Eros) 사랑이 있고, 전우나 친구, 동료를 사랑하는 필리아(philia)의 사랑도 있으며, 부모가 자식을, 또는 가족 간의 사랑인 스톨케(Storge) 사랑도 있다. 그뿐만 아니라, 하나님께서 인간에게 베푸시는 무조건적인 아가페(Agape) 사랑도 있다. 그 외에도 플라토닉 러브(platonic love)라고 해서 순수한 정신적인 사랑도 있다고 하겠다.

그런데 문제는 이 사랑의 경계가 모호하다면 큰 혼란이 오고, 결국은 파탄이 나게 되거나 나락으로 떨어지게 되는 것이다. 극단적으로 말하면 스톨케가 에로스로 변질이 되기도 하고, 플라토닉 러브가 결국 에로스 사랑이나 아니면 질투로 변질이 되어, 서로를 침범하는 경우가 생기는 것이다. 그러기 때문에 노아 방주처럼 경계가 분명해야 할 뿐 아니라, 양심의 칸막이 높이를 강화해야 한다는 말이다.

물론 이 일은 여간 어려운 일이 아니다. 인간적인 노력이나 학문적, 또는 도덕적 수양으로도 어느 정도는 가능할지 모르나, 완전한 것을 기대하기는 어려운 것이 사실이다. 그렇기에 인간의 힘이 아닌, 타자(他者)의 힘, 즉 신앙의 힘으로 극복해 나가는 것 또한 좋은 방법이라 여긴다.

우리가 모두 늦었다고 생각되는 지금부터라도 대오각성(大悟覺醒)할 뿐만 아니라, 수신제가(修身齊家)하여, 양성평등을 저해하거나 인권을 침해하는 일이 없는 아름다운 사회를 이루어 나갔으면 하는 바람이 간절하다. 지금부터라도 겸손히 자신을 반성하고, 옷깃을 여미며, 자신의 마음속의 도덕적, 양심의 기준인 칸막이를 분명히 하는 것이 급선무라 하겠다.

조현병동(調絃病棟)에 살다.

요즘 우리 주변에서 입에 담기도 끔찍한 엽기적인 사건들이 자주 일어나고 있는 것을 본다. 아파트의 층간 소음 때문에 살인하고, 자기 자식을 무참히 해하는 등, 감당할 수 없을 정도의 속력으로 질주하여 애매한 사람을 다치게도 하며, 불특정 다수를 향한 "묻지 마" 강력 범죄나 살인사건이 얼마나 많이 일어나는지 뉴스를 보기가 두려울 정도다.

심지어는 부자(父子)지간이나 부부, 가까운 형제나 이웃이 서로를 해치는 일들이 빈번히 일어난다. 이런 패륜적 범죄자를 얼마 전까지는 반사회적 성격장애, 즉 사이코패스(spsychopath)라고 하였는데, 요즘은 주로 조현병(調絃病)(schizophrenia)이라는 말을 많이 사용하는 것 같다.

이 조현병(調絃病)이라는 말도 옛날에는 들어보지 못한 의학적 용어로, 그 자체가 일종의 "증후군"에 가까운 개념이라고 한다. 증후군(症候群)이라는 말을 사전적으로 보면 "그 원인이 확실치 않거나, 여러 가지 증후가 함께 나타나서 병적인 증상을 일으키는 것을 총칭하는 것"이라고 되어 있다.

주로 '사고(思考)'와 관련하여 발생한다고 하는데, 사회 환경적 이유나 과도한 스트레스, 혹은 유전적인 요인이 주원인일 경우도 있다고 한다. 이 병은 여러 가지 증상을 보이지만, 그중에서도 특별히 "망상"으로 많이 나타난다는 것이다. 그 '망상'의 형태는 '근거 없는 믿음이나 불신'에서 비롯된다는데, '믿음'과 '의심' 중 어느 한쪽으로 과도하게 치우친 질병이라는 말이다.

그런데 평소엔 일반인과 별로 다르지 않은 것이 문제라면 문제라는 것이다. 그러나 어떤 이유로 한 번 발작하면, 완전히 다른 사람이 되기 때문에 적절한 관리가 필요하다는 것이다. 가만히 생각해 보면 우리 주변에 조현병과 같은 각종 "증후군"에 시달리는 사람들이 적지 않아 보인다. 이렇게 제정신이 아닌 사람을 옛날에는 단순히 "미친 사람"이라고 했다.

미치지 않고서야 어떻게 전 인류가 멸망할 대량학살 무기를 만들며, 한 발자국도 앞을 내다보지 않고 자기가 만든 올무에 걸려 일생을 그르친단 말인가! 안타깝기 짝이 없다. 우선 먹기는 곶감이 달다는 말처럼, 돈에 미치고, 권력에 미치고, 명예나 환락에 미치는 사람들이 한둘이 아닌 듯하다.

이렇게 볼 때 우리는 모두 나도 모르는 사이에 당장 치료를 받아야 할 조현병 환자들이 아닐까? 하는 생각이 들기도 한다. 징도의 차이는 있지만, 누구나 약간의 조현병적 증상이 있다는 것을 부인하기 어려울 것이다. 그렇다면 우리는 지금 대한민국이라는 이름의 조현병동(調絃病棟)에 살고 있구나! 하는 생각을 하지 않을 수 없다.

그러므로 우리는 자기 가정과 직장에서부터 자기감정의 수위를 잘 조절하며 사는 연습을 해야 할 것이다. 그리고 사회생활에서도 언제나 칼날 위를 걷는 것처럼 조심스럽게 세상을 사는 지혜와 인내가 필요하다 하겠다. 초롱불을 들고 임 마중 나가는 처녀처럼 말이다.

우울증에 걸린 나라

요즘 "우리 국민은 너 나 할 것 없이 공황(panic)상태에 빠졌고, 나라의 장래를 걱정해야 할 만큼 5천만 국민이 집단 우울증에 걸려 있다."는 보도를 보았다. 마치 전쟁에서 패하여 패전국이 되었다는 소식에 접한 정도라 하겠다. 이런 집단 우울증은 지금까지 우리 국민이 경험한 바가 없는 초유의 증상이라 할 수 있을 것이다.

일반적으로 우울증에 걸린 사람들이 때때로 극단적인 행동을 하는 것과 같이 이런 집단 우울증으로 인한 성난 민심의 그 결과에 대하여 누구도 예측하기 어렵다. 하루빨리 우리 국민은 이 집단 우울증에서 벗어나기 위해서는 법을 집행하는 기관이나 사람들이 바로 서야 하고, 모든 국민이 깨어 있어야 할 것이다. 그러려면 상당한 시간이 걸릴 게 분명한데, 그동안 우리가 모두 해야할 일이 있다고 여긴다.

그래도 너무 조급해하지 말아야 한다. 어떤 문호가 "역사의 수레바퀴는 천천히 돌지만, 그 아래 있는 것들을 확실하게 부수어 버린다."고 한 말과 같이, 비록 천천히 돌아가지만, 헤겔의 정반합(正反合) 원칙대로 천천히 발전한다는 사실이다.

우리는 지금 긴 터널을 통과하고 있다. 비록 암담하고 지루해도 분명히 밝은 광명의 날이 찾아오리라 믿는다. 철의 장막과도 같았던 독재 정권을 무너뜨리고 민주주의를 이뤄낸 것과 같이 말이다.

그리고 긍정적인 생각을 하고 긍정적인 말을 해야 한다. 지금 우리 사회는 어디를 가든지 부정적인 말뿐이다. 누가 정권을 잡아도 마찬가지라는 둥, 엽전들이라 어쩔 수 없다는 둥, 희망이 안 보인다는 둥, 모두가 부정적인 말뿐이다. 안된다고 생각하면 아무것도 이룰 수가 없다.

우리는 5천 년의 역사를 지닌 불굴의 민족이다. 세계에서 가장 가난했던 나라가 한 세대 만에 세계 10위권의 경제 대국을 이루었다. 그러므로 할 수 있다! 하면 된다! 밝은 내일이 우리를 기다린다!는 등등의 긍정적인 말들을 해야 한다.

그뿐만 아니다, 감사의 말을 하여야 한다. 불평은 불평을 낳고 감사는 감사를 낳는다는 말과 같이, 감사의 조건을 찾아 감사하는 말을 해야 하겠다. 백 중 하나라도 감사의 조건을 찾아내야 한다. 감사라는 말을 나와 우리 가족으로부터 시작해서, 이웃으로 그 범위를 점차 넓혀 나가야 할 것이다. 그러면 분명히 이 세상은 감사로 충만해질 것이라 여긴다.

축복의 말을 하기를 힘써야 하겠다. 오늘 우리의 언어는 거의 저주의 언어요, 절망의 언어이다. 이제부터라도 연민을 가지고 서로를 이해하려고 힘써야 하겠다. 그리고 서로를 위해 축복의 기원을 하여야 한다. 이 또한 가장 가까운 곳에서부터 시작해서 범위를 넓혀 나가야 할 것이다.

마지막으로는 밝은 미래를 내다보아야 할 것이다. 우리 한류 열풍이 세계를 놀라게 할 줄 누가 알았겠는가! 이런 풍랑인하여 더욱 발전하고 좋아질 것이며 더욱 부흥할 것이다. 우리 것이 세계적이다. 언젠가는 우리 정신문화가 세계를 지배할 것이다. 그 밝은 미래를 미리 말하고 미리 살아야 한다. 그리하여 지금 우리가 처한 이 집단 우울증의 위기를 잘 극복하여야 한다. 우리 민족은 현명하므로 분명히 밝고 아름다운 미래를 성취하고야 말 것이라 믿는다.

마지막으로 인도의 시성 타고르의 "동방(東方)의 등불"(The Lamp of the East)을 항상 음미하여야 한다. "일찍이 아시아의 황금 시기에 / 빛나던 등불의 하나인 코리아 / 그 등불 다시 켜지는 날에 / 너는 동방의 밝은 빛이 되리라." 동방의 등불! 코리아 만만세!

화병 (火病)

예부터 유독 우리나라에는 화병(火病)이라는 게 많았다. 건강
보험심사평가원에 의하면 우리나라에서 화병(火病) 즉 '심한 스
트레스에 대한 반응 및 적응 장애'로 진료를 받는 환자의 숫자가
연평균 12만 명이나 된다고 한다.

그중에서 여성 환자 수는 7만 명으로 남성 환자 수보다 훨씬 많
으며, 연령대별로는 40대와 50대의 중년층 환자가 가장 많다는
것이다. 이런 화병(火病)은 항우울제, 신경안정제 등의 약물치료
를 받거나, 정신적이나 심적인 스트레스의 원인이 무엇인가를 찾
아서 대처하는 방법도 도움이 된다고 한다.

특히 분노가 치밀어 오를 때 운동이나 건전한 취미 등으로 스
트레스를 가라앉히는 방법을 찾는 것도 중요하겠지만, 누군가를
걱정하고 그를 위해 기도하면 화병을 가라앉히는 데 효과가 있다
는 연구 결과가 나왔다.

미국 오하이오 주립대학교 연구팀은 대학생들을 대상으로 한
설문조사에서 남을 위해 기도하면 부정적인 감정이 줄고, 안정을
찾는 효과가 있다고 발표했다. 연구팀은 53명의 미국 대학생에게
현재 분노, 우울함, 긴장, 피로, 활력을 어느 정도 느끼고 있는지
조사한 다음, 학생들이 크게 화날 만한 상황을 만들었다.

그런 뒤 암 환자의 스토리가 실린 신문 기사를 보여 주고, 무작위로 고른 일부 학생에게만 이 환자를 위해 기도하거나, 그에 대해 염려하는 시간을 갖게 했다. 이후 앞서 조사한 현재 감정의 정도를 다시 묻자, 남을 위해 기도하거나 묵상을 한 학생들은 그렇지 않은 학생들 보다 분노의 감정과 부정적인 감정이 크게 줄었다는 것이다.

노스캐롤라이나 대학교의 달스트롬 교수도 분노와 죽음의 관계를 연구했는데, 적대감이 높은 그룹과 낮은 그룹을 정하고, 25년이 지나 그들이 50대가 되었을 때 사망률을 조사했다. 적대감이 높았던 그룹은 낮은 그룹보다 사망률이 7배나 높았고, 심장질환자도 5배나 많았다고 한다. 이 결과는 분노와 죽음의 상관성을 명확하게 보여 주었다는 것이다.

법대생을 대상으로 한 또 다른 조사에서도 비슷한 결과가 나왔다고 한다. 조사 대상이 된 법대생들은 25년 후 변호사가 되어 있었지만, 법대생 시절 적대감 수치가 높았던 그룹은 이미 20%가 사망하였고, 반면에 적대감 수치가 낮은 그룹의 사망률은 4%에 불과했다는 것이다.

이 결과는 설문에 응한 학생이 어떤 종교를 믿거나, 평소 기도를 하는지에 관계없이 공통으로 나타났다는 것이다. 연구팀의 브래드 부시먼 교수는 "이 연구 결과는 기도하는 행위가 분노와 공격성을 낮추는 데 실제로 도움이 될 수 있음을 보여 준다."고 하고, "단, 남을 위해 기도할 때 효과가 있다."고 강조하였다.

다른 연구에서도 안 좋은 감정을 기도로 털어놓으면 기분이 좋아지고, 미워하는 사람을 위해 기도하면, 그 사람을 용서하기가 한결 수월하다고 보고된 일이 있다. 하지만 이번 연구에 의하면 전혀 모르는 사람을 위해 기도하는 것이 나쁜 감정을 털어버리는 데 도움이 되는 것으로 나타났다.

이같이 기도는 우리나라에 많은 화병을 치료하는데 만병통치약이라고 단언하는 바이다. 비단 기독교에서 말하는 그런 형식을 갖춘 기도만 아니라, 우리 부모님들이 장독에 정화수 떠 놓고 지극정성으로 축수를 올렸던 미신적 방법의 기원을 포함하는 것이라 여긴다.

우리 윗세대들은 그러한 기원을 통해서 그 모진 시집살이의 스트레스도 극복을 했을 뿐만 아니라, 오늘의 문명사회를 이루는 밑거름이 되었다고 믿는다. 그래서 나는 기도하는 사람보다 강한 사람은 없다고 확신한다. 특히 자기를 위한 기도보다 남을 위한 기도는 자타가 함께 덕을 보는 일이며, 우리 사회를 그 무엇보다 평화롭고 건강하게 만드는 지름길이라 여긴다. 올해는 더욱더 서로를 위해 기도하는 해가 되어 우리 사회가 더욱 밝아지기를 간절히 기원해 마지않는다.

화병(火病)

E. 인생의 가감승제(加減乘除)

인생의 가감승제(加減乘除)

우리가 어릴 때부터 연산법칙(演算法則)이라는 것을 배웠다. 수학식이 나타낸 일정한 규칙에 따라 계산하는 일을 연산법칙 또는 운산법칙(運算法則)이라고 한다. 다시 말하면 더하기, 빼기, 곱하기, 나누기와 같은 일정한 규칙에 따라 계산하는 가감승제(加減乘除) 법칙이 곧 연산법칙이다.

우리가 초등학교 시절에 경험해 온 것이지만 이 가감승제를 잘 못하면 학업성적이 나빠지고, 더 나아가서는 인생살이에서 패배자가 될 수밖에 없다는 사실이다. 그렇다고 단순하게 수학적인 가감승제(加減乘除)만 잘하면 되는 것은 아니다. 아무리 수학적인 가감승제를 잘한다고 해도 인생살이에서 가감승제를 잘못하면 실패한 인생을 살 수밖에 없기 때문이다. 그럼 우리가 해야 할 인생의 가감승제는 무엇일까?

(1). 인생의 더하기 법칙(加).

태어나서부터 키나 몸무게가 더해져야 할 뿐만 아니라, 삶의 지혜와 지식이 더해져야 한다. 그래서 열심히 지식을 쌓고 경험을 쌓아 나가야 한다. 그러나 경험이 아무리 중요하다고 해도 세상의 모든 것을 다 경험할 수는 없는 노릇이다. 그래서 독서나 영화 같은 문화생활을 통한 간접경험이 필요한 것이다. 그러한 여러 가지 경험을 밑바탕으로 하여 실패 없는 인생을 사는 것이야말로 보람된 삶의 원리라 하겠다. 그래서 우리는 더욱 힘써 덕과 지식, 절제와 인내, 경건과 형제 우애, 그리고 그 위에 사랑을 더하여 나가지 않으면 안 된다. 그렇지 않으면 열매 없는 자가 되기 때문이다.

(2). 인생의 빼기 법칙(減).

그렇다고 우리 인생살이에서 더하기만 해서야 되겠는가. 우리 인생에서 덜어내야 할 것이 얼마나 많은가? 어떤 사람은 과도한 욕심 때문에 패가망신하는가 하면, 또 어떤 사람은 교만한 마음이나 성적 욕정을 추스르지 못해 결국 인간 이하의 세계로 추락하는 경우를 본다.

그 외에도 자기 본위의 지나친 이기심(利己心), 명예욕(名譽慾)이나 권세욕(權勢慾) 등등을 억제하거나 감하지 못해서 실패하는 경우도 있다. 사회생활을 하면서 받는 스트레스를 분출하는 방법을 잘못 선택하여, 활화산같이 과격한 돌출행동을 하여 사회를 혼란스럽게 하고, 나아가서 자신과 가정을 망하게 하기도 한다. 이렇게 더럽고 추한 것들과 악한 것들을 덜어내는 빼기 법칙은 인생살이에 있어 꼭 필요한 법칙이 아닐 수 없는 것이다.

(3). 인생의 곱하기 법칙(乘).

기본수(基本數)에다가 얼마를 더 승(乘)하느냐에 따라 결과가 엄청나게 달라진다. 2×0=0지만 2×10=20이다. 여기서 나는 기본수를 천부(天賦)적인 재능이라고 생각한다. 그 기본수에 승하는 숫자는 본인의 노력이나 열정으로 쌓은 노하우 같은 것들이라 할 수 있는데, 그 승(乘)하는 숫자에 따라 그 결과를 엄청나게 달라지는 것이다.

천부(天賦)의 재능인 기본수도 천차만별이지만, 자라난 환경이나 교육 여하에 따라 많은 차이가 있을 것이다. 그러나 타고난 재능이 100이라 해도 100×0=0이 되고, 타고난 재능이 1이라 해도 본인의 노력이나 경험이 100이라면, 1×100=100이나 되는 것이다. 이처럼 기본수도 중요하지만, 그것을 어떻게 관리하느냐, 또는 자기 자신의 노력과 인내, 그리고 열정을 어떻게 활용하느냐에 따라 결과는 엄청나게 달라지는 것이다. 인생에 있어 곱하기 법칙은 내가 얼마나 누리고 보람되게 살 수 있느냐를 가늠하는 중요한 요소라 하겠다.

(4). 인생의 나누기 법칙(除).

태어날 때부터 소유한 모든 재능이나 가치를 얼마나 잘 승(乘)해 나가느냐 하는 것도 중요하지만, 나누는 것 또한 중요한 법칙 중 하나다. 많은 사람이 가(加)하기와 승(乘)하기는 잘하는데, 감(減)하는 것과 제(除)하기를 잘못하여 추태를 보이는 경우가 많은 것도 사실이다.

이스라엘 백성들이 40년 동안 광야를 통과할 때에 하늘에서 만나가 내렸다. 하루에 한 번씩 자기와 식구가 먹을 만큼만 거두라고 했는데, 욕심을 내어 많이 거둔 자는 그것이 썩어 냄새가 나고 벌레가 생겼다는 것이다.

요즘 돈이 많은 사람 중에도 형제들끼리도 제(除)하기를 잘못하여 온 세상을 떠들썩하게 하는 경우를 보니 한심하기 짝이 없다. 많은 것을 소유하였지만 잘 나누지 못하므로 그것이 부패하여 온 집안뿐만 아니라, 사회에까지 악취가 나고, 벌레가 생겨 사람을 해치는 것을 보고 있으니 말이다.

그래서 어떤 분이 내게 "권력이나 부, 무엇이든 더도 말고 덜도 말고 딱 덕을 끼칠 만큼만 가지고 살면 좋은데, 그게 참 어려운 것 같습니다."라는 트윗을 보내 주어 느낀 점이 많았다.

사람들이 수학에서의 가감승제(加減乘除)만 알고, 인생에 있어 가감승제를 모르는 것은 불행한 일이다. 나는 지금이라도 늦지 않았다고 생각한다. 깊이 묵상하고 반성하여 보고 나에게 더할 것은 무엇이며, 빼야 할 것은 무엇인가? 그리고 곱할 것과 나눌 것은 무엇인지 잘 판단히여야 하겠다. 인생의 가감승제를 잘하여 우리 모두의 삶이 더더욱 알차고 보람되기를 간절히 소망해 본다.

인생이란 무엇인가?

인생이란 무엇인가? 이런 제목을 붙이고 보니 너무 광범위하고 막연한 것 같아서 어디서부터 시작할까 망설여진다. 톨스토이를 비롯한 많은 사람이 역사적으로 계속해 왔던 질문이기도 하지만 역시 의문점(question mark)으로 남는 것이 사실이다.

인생 문제를 알고 싶어 하는 어떤 동방의 왕이 신하에게 "인생이란 무엇인가?"를 물었다고 한다. 그 신하는 500권의 책을 권하면서 "이 책들을 읽어 보시면 인생을 알 수 있을 것입니다."라고 했다.

그러자 왕은 500권의 책을 다 읽을 수 없으니 다시 요약해 오라고 명령했다는 것이다. 그 신하가 그 500권의 책을 50권으로 요약해 왔으나, 왕은 그것도 많으니 다시 요약해 오라고 했다. 그 신하가 20년이 지난 후 한 권의 책으로 간추려 가지고 와서 "왕이여! 이 한 권의 책만 읽으시면 인생이 무엇인가를 아실 것입니다."라고 했다.

그러나 임종이 가까운 왕이라 그 한 권의 책도 읽을 수 없으니 인생을 한마디로 설명해 달라고 요청하자, 그 신하가 말하기를 "인생이란 태어나서 고생하다가 죽는 것입니다."라고 대답했다는 것이다.

역사적으로 "줄 라이언 헉슬리"는 인간을 진화 속의 인간으로 보았고, "카를 마르크스"는 경제적인 인간, "지그문트 프로이드"는 심리학적 인간, "피렌 키엘 캐 골"은 실존적 인간, "마르틴 부버"는 대화 속의 인간, "라인 홀드 니퍼"는 죄인으로서의 인간이라고 보았다. 하지만 인생은 한마디 철학적인 용어로 정의할 수 있는 존재는 아닌 듯하다.

사르트르가 "인생은 B와 D 사이의 C다."라고 한 말이 생각난다. B는 Birth 즉 태어남을 말하고, D는 Death 즉 죽음을 말하며, 그 사이에는 C 즉 Choice 선택이 있다는 뜻이다.

위에서 학자는 인생은 고생뿐이라고 했지만, 사르트르는 인생이란 그 사람의 선택 여하에 따라 고생이 되기도 하고, 행복해지기도 한다는 의미라 할 수 있다. 그러나 인생은 B와 D 사이의 C로 끝나는 것이 아니라, E 즉 Eternal life가 있다고 믿는다. 불교에서도 전생과 이생과 그리고 내생이 있다고 말하지만, 우리 기독교에서도 영생(Eternal life)이 있다고 믿는다.

신을 믿지 않는 사람이라도 거의 모든 사람이 내세에 대한 희망을 품고 사는 것이 사실이다. 부모님이 운명하시거나 누가 세상을 떠나면 십중팔구는 돌아가셨다고 하거나, 소천(召天)하셨다고 하는데, 이것은 우리 모두에게 내세에 대한 희망(기독교에선 소망이라고 한다)이 있음을 증명하는 것이다. 그리고 그 소망은 우리를 강하게 하고, 우리를 행복하게 한다.

세상에서 가장 강한 군대는 희망을 품은 군대이며, 세상에서 가장 강한 국민도 희망으로 무장된 국민이다. 따라서 세상에서 가장 강한 사람도 희망을 소유한 사람일 것이다.

인간은 영혼을 가진 존재이며 이 땅에 살지만, 영원과 연결된 삶이라는 사실이다. 과연 우리의 삶에서 희망을 빼 버린다면 남는 것이 무엇이란 말인가?

결언(結言)하면, 인생이란 아무렇게나 내동댕이쳐진 존재가 아니라, 절대타자로부터 보냄을 받은 존재요, 이 세상에서 시한부 인생을 살다가 다시 회귀(回歸)하는 존재라는 사실이다. 따라서 마지막에는 우리를 이 땅에 존재케 한 그 절대타자(絶對他者)에게 이 땅에서의 삶을 결산보고를 하지 않을 수 없다는 사실을 명심해야 하겠다.

인생(人生) 팔고(八苦)

성서의 어떤 고난의 사람은 "우리의 연수가 70이요, 강건하면 80이라도 그 연수의 자랑은 수고와 슬픔뿐이라."고 했다.(욥 14:1) 결국 사람이 산다는 것 그 자체가 바로 수고와 슬픔뿐이라는 말이다.

또 어떤 사람이 "내 일생에 행복했던 순간들을 합하면 겨우 일

주일 정도밖에 안된다."고 하니까, 또 다른 사람이 반발이나 하듯이 "나의 일생에 행복했던 순간을 다 합치면 24시간밖에 안된다."고 했다는 것이다.

물론 이런 말을 한 사람의 의도는 행복했던 날의 시간을 계산하려는데 있지 않고, 고난의 연속이 바로 삶이라는 것을 강조하는 것이라 여긴다. 어떻든 옛 성인은 인생에게 팔고(八苦)가 있다고 했다.

(1). 생고(生苦)

사람이 세상에 태어나는 고통을 말한다. 본인이 감지하든 못하든 간에 생고(生苦)는 실로 큰 것이다. 열 달 동안 편안하게? 지내다가 마지막에 좁디좁은 관문을 통과하여야 하며, 탯줄이 잘리는 아픔을 맛보아야 하기 때문이다. 그래서 아기가 태어날 때 그렇게 우는 것이 아니겠는가.

(2). 병고(病苦)

인간이 세상에 태어나자마자 각종 질병에 속절없이 노출되어여러 가지 병에 시달리는 것이 인생이다. 평생에 병을 모르고 사는 사람이 어디 있겠는가? 요즘에는 각종 성인병이 많아지고 있으며, 연령층도 차츰 낮아지고 있는 깃이 현실이다. 그래서 조금만 아파도 큰 병이 아닌가! 하며 이 병원 저 병원을 불이 나게 드나드는 사람이 있는가 하면, 모르는 게 약이라고 "병원에 가서 큰병이라도 발견되면 어떻게 한 담"하고 걱정하는 병원 공포증에걸린 사람들도 있다고 들었다. 이같이 인생 그 자체가 질병과 싸움이라 하겠다.

(3). 노고(老苦)

사람이 원하든 원치 않든지 간에 늙어지는 괴로움이 있다. 몸과 함께 마음도 늙어졌으면 좋으련만, 육은 늙어 가는데 마음은 오히려 젊어져 가는데 괴로움이 더하는 것이다. 거울에 비친 자기 자신을 보노라면 과거엔 상상도 못 했던 낯선 늙은이가 거울 앞에 서 있는 것을 보는 아픔은 늙어보지 않고는 모를 것이다.

거기다가 다른 사람을 통해서 현재의 늙은 내 모습을 확인하는 것은 더 아프다. 어느 날 갑자기 "할아버지"라는 칭호를 들을 때도 그렇고, "이 사람 영감이 다 됐군." "나이는 못 당하는 거구면." 이런 말을 들을 때는 마치 전기 충격과 같은 고통이 전해져 오는 것이다. 쉰을 넘고 회갑이 지나면 차츰 괴로움이 가중되고, 고희(古稀)를 지나 솔수(率壽)가 되면 더 큰 허무감이 몰려오는 것이다.

(4). 사고(死苦)

40여 년 동안을 목회하면서 많은 사람의 임종을 지켜보았다. 여러 모양의 죽음을 보면서 역시 죽음이라고 하는 것은 최고의 고통이구나 하는 생각을 하곤 했다. 죽음 그 자체도 괴로운 것이겠지만, 자기의 죽음을 수용하기까지가 더 괴로움인 것 같다.

끝까지 자기의 죽음을 받아들이지 못하는 사람은 심한 분노와 좌절과 갈등, 그리고 두려움으로 사지를 뒤틀고 얼굴은 일그러져 차마 볼 수 없을 지경이 된다. 절대타자 앞에 설 준비가 되지 못한 데 대한 두려움이라고 할 수 있지 않을까 하는 마음이다.

(5). 애고(愛苦)

유행가 가사에서도 사랑을 "눈물의 씨앗"이라고 하지 않았던 가. 그렇다. 분명 사랑은 눈물의 씨앗이다. 애고(哀苦)는 사랑의 열도(熱度)에 비례한다고 볼 수 있지만, 사랑은 분명 괴로움이다. 사랑엔 수고와 희생이 따르기 때문일 것이다.

엄마의 사랑을 동생에게 빼앗겨야 하는 아픔으로부터 시작하여, 사랑해선 안 될 사람을 사랑하는 괴로움, 그리고 이뤄질 수 없는 사람을 사랑하는 괴로움은 창자를 씹는 것 같은 고통이 분명하다.

(6). 비고(悲苦)

슬픔의 괴로움을 말하는데, 병으로 인한 슬픔, 이별로 인한 슬픔, 친구에게 배신을 당한 고통, 재난과 실패와 좌절, 그리고 가까운 사람들의 죽음으로 인한 슬픔 등, 이루 말할 수 없을 정도이다. 사람은 울고 태어나 눈물 마를 겨를 없이 살다가 눈물로 세상을 떠나는 것이 인생이라 할 수 있겠다.

(7). 별고(別苦)

이별하는 괴로움을 말한다. 우리 인간은 일평생 많은 사람과 만나고 헤어짐을 반복하며 산다. 헤어짐, 즉 이별의 서러움이 얼마나 컸던가? 소꿉친구를 비롯하여 첫사랑을 주었던 선생님, 수많은 친구나 연인 등, 그 수를 헤아리기 어렵다. 때로는 부모나 처자까지도 이별하거나 사별하는 경우 등, 그 괴로움을 어찌 말다 표현하겠는가.

(8). 회고(會苦)

이별만이 괴로운 것은 아니다. 만남의 괴로움 또한 대단히 큰 아픔이기도 하다. 정을 떼기도 어렵지만, 정을 붙이는 것도 여간 어려운 것이 아니다. 특히 무뚝뚝한 경상도 사나이인 나는 더욱 더 그렇다.

정 떼기가 많이 어려웠던 나는 부득이 임지를 떠날 때는 "다른 곳에 가서는 이제 다시는 정 주지 말고 살아야지"하고 다짐해 보지만, 말이 그렇지 그게 쉬운 일이 아니었다. 만나고 사귀는 데 따르는 고통도 이별의 고통보다 못하지 않다. 특히 보고 싶지 않은 사람을 매일 만나야 하는 때도 없지 않기 때문이다.

지금까지 인생 8고에 대하여 생각해 보았지만, 어찌 인생에 있어 팔고(八苦)뿐이겠는가?. 그래서 석가는 108번뇌라 했고, 옛 어른들은 인생을 고해(苦海)라고 한 것이리라 여긴다.

하나의 파도가 인생의 뱃전을 치고 지나가면 또 다른 파도가 다가와 세차게 때린다. 그 파도가 무사히 지나갔다고 안도의 숨 한 번 쉬기도 전에 또 다른 파도가 몰려와 우리 인생의 뱃전을 때리는 것 아닌가 말이다.

유행가 가사처럼 그래도 빈주먹 들고 태어나서 옷 한 벌 건졌으니 그런 다행히 어디 있겠으며, 같이 걸어갈 부부나 길동무를 얻었다면 천만다행 아니겠는가. 그 외에도 가족과 이웃 친지, 그리고 글 벗까지 얻은 것에 대하여 감사하면서 사는 것이 인생팔고(人生八苦)를 이기는 비결이라 믿는다.

인간의 자아 관리

예부터 학자들 간에 인간은 태어날 때부터 선하다는 성선설(性善說)과 태어날 때부터 근본적으로 악하다는 성악설(性惡說)로 이견(異見)이 분분했다. 물론 조상 대대로 물려받은 원죄라는 것도 있지만, 사람은 누구나 천부적으로 선하게 태어난다고 믿는다. 그렇지만 후천적으로 마음에 시기, 질투, 원망, 불평과 같은 많은 잡초가 나서 그 마음이 묵정밭이 되고 마는 것이 아닐까 하는 생각을 해 본다.

그래서 어떤 사람은 차디찬 만년설로 뒤덮인 북극과 같은 마음의 소유자가 되는가 하면, 한 발자국만 잘 못 내디디면 천 길 나락으로 떨어질 험산 준령 같은 마음의 소유자도 된다.

그뿐이 아니다. 그 깊이를 가늠할 수 없는 깊은 수렁과 같은 사람도 있고, 그 마음이 사막과 같이 황량한 사람도 있으며, 그 깊이와 너비와 길이를 도무지 가늠할 수 없는 동굴과 같은 사람들도 있다.

반면에 따뜻한 봄날 같은 온화한 사람이 있는가 하면, 후텁지근한 여름 장마와 같은 사람도 있고, 쌀쌀한 가을과 같은 사람이 있는가 하면, 차가운 바람이 살을 에는 겨울 같은 사람도 있는 것이다. 그래서 옛사람들은 "열 길 물속은 알아도 한 길 사람 속은 모른다."는 말을 한 것 같다.

사람의 성정은 천차만별이어서 모두 다르겠지만, 자기 마음 밭에 나는 잡초를 얼마나 잘 제거하고 잘 다스리느냐에 따라 그 인격과 성정(性情)이 달라지는 것이라 여긴다. 다시 말하면 자신이 자아 관리를 어떻게 하느냐에 따라 선한 사람도 되고 악한 사람도 된다는 말이다.

　그러면 더러움이 없는 고운 마음의 꽃동산을 만들려고 하면 온갖 잡초나 가시들을 뽑고, 돌자갈도 제거하고, 단단해진 밭을 심경(深耕)하여 옥토를 만들어야 한다. 이러한 자아 관리의 방법으로는 종교적인 방법도 있을 수 있고, 독서나 수양을 통한 간접경험의 방법, 선량한 멘토(mentor)를 통해서 배우는 방법 등등이 있을 것이다.

　물론 이 일은 쉬운 일이 아니다. 하루아침에 유순하고 온전한 성자의 마음이 될 수 있는 것도 아니며, 좋은 열매 맺는 옥토가 되는 것도 아니다.

　여름 장마 때 밭에 김을 매고 나면 풀들이 말하기를 "머리에 수건 쓴 여자 지나갔다. 머리 들자"라고 한다고 하지 않는가! 우리 마음도 다를 바가 없다. 부드럽고 온유한 옥토와 같은 마음은 끊임없이 김을 매는 노력의 결과라 할 수 있을 것이다.

　이같이 인간의 마음이나 인격에 있어 완성이란 있을 수 없다. 그러므로 죽을 때까지 완성을 향하여 심전(心田)에 김을 매 주어야 한다는 말이다. 끊임없이 심전(心田)에 김을 매서 우리 모두의 마음이 바다같이 넓고, 하늘처럼 높으며, 봄같이 훈훈하고, 가을같이 열매가 풍성한 마음 동산을 만들었으면 하는 바람이 간절하다.

감상주의(感傷主義)와 인간의 삶

나는 그동안 여러 가지 취미활동을 해왔다. 한때는 고사목 뿌리로 조각(彫刻)을 하는 것을 취미로 했는데, 다양한 모양이 나오기 때문에 나를 매혹하기에 충분했다.

그러다가 또 수석을 수집하는 데 몰입했었다. 그때 모아둔 수석이 300여 점은 되리라 여긴다. 그러나 전시할 장소가 없어 창고에서 잠을 자고 있다.

그다음엔 서예를 하기도 하고, 십자가나 골동품 촛대를 수집하는 일에 열을 올리기도 했었다. 그러나 그런 것들은 모두 생명이 없는 것이어서 얼마 가지 않아 싫증이 나곤 했다.

그래서 생명이 있는 분재를 하기로 마음먹고 온갖 정성을 쏟았다. 하나의 분재를 만들려면 소재(素材)를 구해서 분에다 올리고, 철사 감기를 해서 내가 원하는 모양으로 수간(樹幹)을 바로 잡아야 한다. 갑자기 무리한 힘을 가하면 죽어 버리기 때문에, 조심해서 철사를 감아 수형을 잘 만들어 주면 놀라운 가치를 지닌 작품이 되는 것이다.

내가 그런 분재를 모아서 분재전시회도 열었다. 그 전시회를 본 어떤 여성이 철사를 감아놓은 분재를 보고, 목사님이 너무 잔인하다면서 우리 교회에 등록하지 않고, 다른 교회로 가서 등록했다는 것이다. 그 이야기를 듣고 보니 정말 내가 잔인한 사람인가 하는 생각을 하지 않을 수가 없었다.

우리가 자연을 직접 대하는 것이 백번 좋지만 그렇지 못하다면 좁은 공간에 자연을 끌어들여 감상하는 것이 미관상으로나 정서적으로 매우 좋아서 분재를 만들거나 수석을 모으는 것이다. 따라서 보기 좋은 분재를 만들려고 하면 철사 감기는 필수적이면서 보편적인 일이 아닐 수 없다. 물론 그 여인이 개인적으로 언짢은 느낌을 받는 것은 어쩔 수 없지만, 문제는 지나친 감상주의에 빠지지 않았나 하는 생각이 든다.

감상주의란 지적(知的)인 면보다 감상(感傷)을 강조하는 사상을 말하는데, 영어로는 센티멘털리즘(sentimentalism)이라고 한다. 일반적으로 이 감상주의에 빠지면 이성적이고 합리적인 생각보다는 감정적인 면에 치우치는 경우가 많은 것이 사실이다.

문학에서도 슬픔이나 연민 따위의 감상을 지나치게 드러내는 태도나 경향을 감상주의 문학이라 말하고, 감정적 감수성을 매우 중시하는 예술의 경향성을 말하기도 한다. 본래 이 감상주의는 계몽주의(啓蒙主義)에 대한 반발로 나타났으며, 기본적으로 인간의 태생적 도덕성과 감성을 논리와 종교보다 더 중시하는 것이 특징이다.

오늘날에는 이런 지나친 감상주의 영향을 받은 시나 수필, 그리고 음악이나 영화가 많은 사람을 싫증이 나게 하는 것을 부인할 수가 없다. 그렇다고 사람이 본래의 감성을 무시하거나 무자비해도 된다는 말은 아니다. 그러나 지나친 감상주의에 빠지면 세상을 살아가기가 매우 어려울 것이 분명하다.

극단적인 예(例)라 하겠지만 옛날엔 사람의 몸에 피를 빨아먹으며 기생하는 이가 많았다. 스님들도 예외는 아니었나 보다. 스님이 살생(殺生)하지 않으려고, 그대로 죽이지 못하고, 내복을 벗어서 밖에 내놓아 이가 얼어 죽게 했다고 들었다. 우리가 어릴 때도 우리 부모님은 자주 내복을 밖에 내놓곤 했었다.

그리고 옛날에는 소의 코를 꿰어서 농경에 이용하였다. 그뿐만 아니라, 오물이 가득한 우리에 소 돼지를 길러서 그 고기를 인간의 식탁에 올리는 것이다.
요즘 살충제 달걀로 말미암아 사회적인 문제가 되고 있지만, 닭은 조그마한 닭장에 갇혀서 알만 낳다가 죽는다. 목줄에 묶인 개가 한 평생 개집에 갇혀 살다가 죽는다. 각종 과일나무도 그냥 내버려두면 열매를 맺지 못하거나 퇴화하고 만다. 그래서 좋은 과일을 수확하기 위해서 때로는 순을 자르기도 하고, 가지를 이리저리 잘 유도해야 한다.

그런데 지나친 감상주의자들이 이런 것을 안다면 어떻게 고기나 과일을 먹을 수 있겠는가! 너도 세상에 살려고 나왔으니 같이 살아가자고 하면서 이도 잡지 않고, 각종 해충도 죽이지 않는다면, 아마 그 사람은 이 세상을 살기가 어려울 것이 분명하다.

그렇다고 우리가 사회생활을 할 때 감성을 무시하거나 잔인해도 된다는 말은 아니다. 하지만, 지나친 감상주의에 빠지는 것은 금물이라는 말이다. 그러므로 우리가 양심을 무디게 하여 동식물을 무자비하게 대하는 것도 문제이지만, 그렇다고 지나친 감상주의에 빠지는 것도 바람직하지 않다는 말이다. 그러므로 우리가 이 세상을 살아갈 때 칼날 위를 걷는 것과 같이 좌로나 우로 치우치지 말고 세상을 사는 것이야말로 참 지혜로운 사람이라 하겠다.

인생의 겨울 준비

어느 날 한 소년이 어머니께 심한 꾸중을 듣고서 숲속으로 도망하였다고 한다. 아무도 없는 숲속에서 분을 못 이겨 크게 소리를 질렀다. "나는 당신을 미워합니다."라고 말이다. 그때 숲속에서 그와 같은 소리가 들렸다. "나는 당신을 미워합니다."라는 소리였다.

소년은 놀라서 집으로 돌아와 어머니께 말했다. "어머니! 숲속에도 나쁜 사람이 있어서 나를 미워한다고 했어요." 이 얘기를 들은 어머니는 조용히 소년을 데리고 숲으로 갔다. "얘야! 나는 당신을 미워합니다.가 아니라, 이번에는 나는 당신을 사랑합니다.라고 소리쳐 보아라."고 했다. 소년은 어머니가 시키는 대로

"당신을 사랑합니다." 하고 소리를 쳤다, 그때 숲속에서도 "당신을 사랑합니다." 하고 메아리로 답해왔다. 그것도 시차를 달리하여 여러 곳에서 말이다.

여러 가지 인생 법칙 중 메아리 법칙이 있다. 내가 어떤 행동을 하고 어떤 말을 하느냐에 따라서 그 결과는 분명히 행한 대로 돌아오는 법칙을 말한다.

성경에도 "스스로 속이지 말라. 하나님은 업신여김을 받지 아니하시나니, 사람이 무엇으로 심든지 그대로 거두리라."(갈라디아서 6:7)라는 말씀이 있다. 이 말씀은 진리이다. 저주를 심고 복을 거두지 못하며, 시기나 질투를 심고는 사랑을 거두지 못한다. 나의 오늘은 내가 어제 심은 것들의 수확물이다. 나는 왜 이렇게 고달플까? 나는 왜? 왜? 하는 말을 많이 하지만, 그것은 과거에 내가 심지 않았기 때문일 뿐이다.

옛날 어떤 사람이 "생각을 심으세요. 말을 거두리다. 말을 심으세요. 행동을 거두리다. 행동을 심으세요. 운명을 거두리다."라는 말을 했다. 그러므로 기회가 왔을 때 부지런히 심어야 한다. 그것도 필요한 것을 심어야 한다. 동정이 필요하면 동정을 심어야 하고, 위로가 필요하면 위로를 심어야 하고, 사랑이 필요하면 사랑을 심어야 한다.

1년에는 4계절이 있는 것처럼 인생에도 계절이 있다, 봄같이 돋아나는 어린 시절이 있으며, 여름같이 왕성한 청년 시절이 있는가 하면, 가을과 같이 수확을 하는 장년 시절, 일손을 멈추고 조용히 떠날 날을 기다려야 하는 겨울 같은 노년 시절이 있다.

우리가 추운 겨울을 원하지 않으나 겨울은 어김없이 찾아오듯이, 인생의 겨울 또한 원치는 않으나 결국은 찾아오는 것이다. 계절의 겨울처럼 이 인생의 겨울을 맞을 준비를 하는 자가 지혜로운 자이고 복된 자이다.

우리는 과연 지난날에 "당신을 사랑합니다."라는 말보다 "당신을 미워합니다."를 많이 말하지 않았는지 돌아보아야 할 것이다. 심은 것만큼 사랑의 열매도, 미움의 열매도 거두게 된다는 것을 알아야 하겠다.

오늘 이후의 우리의 삶이 "나는 당신을 사랑합니다."라고 외치며 사는 삶이기를 간절히 바라고, 내가 필요로 하는 사랑과 화평, 그리고 축복을 더 많이 심어, 거둘 것이 더 많은 인생의 가을과 보람된 마무리의 겨울이 되었으면 하는 바람이 간절하다.

배롱나무와 인간성

요즘 우리 집 앞 정원에는 배롱나무가 묵은 껍질을 벗어던지고 보드라운 살결에 탐스러운 꽃망울을 터뜨리고 있다. 그 꽃이 오래가기 때문에 어떤 지역에서는 그 지역을 대표하는 수종으로 정하고, 길가에 가로수로 심어서 그 용모를 뽐내고 있는 것을 더러 보곤 한다.

배롱나무는 목 백일홍(木百日紅), 자미(紫薇)나무, 간지럼을 많이 탄다고 하여 간지랑나무, 백일홍 낭(제주)으로도 불리며, 학명으로는 Lagerstroemia indica이다.

꽃말은 "떠나간 벗을 그리워함"이라고 하는데, 그래서 그런지는 몰라도 꽃이 피기 시작하면 백일이 넘게 피기 때문에 목 백일홍이라 부르는 것이다.

특히 봄이면 배롱나무의 줄기가 묶은 옷을 벗어던지려는 듯 계속하여 껍질을 벗는다. 껍질을 벗기 전에는 검고 투박했던 겉껍질이 한 겹 껍질을 벗고 나면, 여인의 살결같이 부드럽고 매끄러워진다.

어떤 자료에 의하면 그 매끄러움 때문에 여인의 나신을 연상시킨다는 이유로 사찰(寺刹)이나 대갓집 안채에는 잘 심지 않는 수목이라고 한다. 그러나 어떤 자료에는 배롱나무가 껍질을 벗어버리듯 스님들 또한 세속을 벗고, 환골탈퇴(換骨脫退)한다는 뜻이요, 청렴을 상징하기 때문에 좋아한다고도 한다.

이렇게 두 가지 설이 있으나 사찰을 찾아가 유심히 살펴보지도 않았고, 스님들에게 물어보지도 않아서 어느 것이 정설인지 확신이 서지 않는다. 다 같은 나무인데 어느 쪽에서는 그 상징성을 좋게 이해하고 반기는가 하면, 어느 한쪽에서는 이중성을 가진 나무로 꺼리는 나무가 바로 배롱나무이다.

배롱나무와 인간성

사람도 그 사람을 어디서 어떻게 보느냐에 따라 장점이 보이기도 하고, 또 때로는 단점이 보이기도 하는 것이다. 어떻든 이중성을 가진 인간이 되면 되겠는가마는 누구나 좋게 보면 좋게 보이고, 나쁘게 보면 나쁘게 보이는 것이 사람이라 하겠다.

성경에 보면 『그 성은 네모가 반듯하여... 길이와 너비와 높이가 같더라.』(계 21:16절)는 말씀이 있다. 우리 모든 사람의 인격이 장(長)과 광(廣)과 고(高)가 같아서 네모가 반듯한 정방형(正方形)이어야 한다는 뜻으로 이해한다. 여기서 길이인 장(長)은 믿음이요, 넓이인 광(廣)은 사랑이며, 높이인 고(高)는 희망일 것이다.

그런데 어떤 사람은 길이인 믿음은 좋은데, 넓이인 사랑이 넓지 못한 사람도 있고, 길이와 넓이는 길고 넓은데, 높이인 희망이 높지 못한 사람들이 있다. 그리고 그 반대로 길이와 높이는 좋은데 넓이가 넓지 못하여, 사랑의 폭이 좁은 사람도 있다.

또 어떤 사람은 아래에서 보면 교만하고, 위에서 보면 비굴하고, 옆에서 보면 야비한 사람도 있다. 나 자신도 다른 사람이 나를 볼 때 교만해 보이거나 비굴하고 야비한 사람으로 보이지는 않을까 하는 생각을 하면서 옷깃을 여민다.

종교를 믿는다는 사람들도 교회나 사찰 안에서는 거룩하게 보이지만, 사회생활은 그렇지 못한 경우가 많은 것을 본다. 참다운 인격자란 종교의 전당 안에서나, 직장, 그리고 가정이나 사회에서 그 장(長)과 광(廣)과 고(高)가 같아야 참다운 신자요, 참다운 인격자가 아닐까! 하는 생각을 해 본다.

비록 어떤 특정 종교를 믿지 않는 사람이라 해도, 역시 장(長)과 광(廣)과 고(高)가 모두 같아서, 언제 보든지, 어디서 만나든지, 네모가 반듯한 사람이어야 온전한 인격자라고 할 수 있을 것이다.

그러므로 우리도 자신의 인격을 한 번 되돌아보는 기회가 되었으면 하는 바람이다. 장(長)과 광(廣)과 고(高)가 같아서 네모가 반듯한 인격을 갖추어, 많은 사람에게 존경을 받을 뿐만 아니라, 후대에도 귀감(歸勘)이 되는 훌륭한 인격의 소유자가 되기를 간절히 소망한다.

살판을 다시 만들자.

우리 집은 음악가 집안이라 할만하다. 그러나 유독 나만 음악에 소질이 별로다. 그런데도 40년 동안 목회를 하면서 불렀던 찬송가 덕분에 음치라는 소리는 듣지 않을 만하다. 그중에도 특히 국악에 대하여는 그야말로 문외한(門外漢)이다. 물론 자주 접할 기회가 없었기 때문에 관심 밖의 일이었는지도 모르겠다. 그러나 마음 한구석에서는 나도 판소리를 배워 멋들어지게 창을 한번 해 보면 얼마나 좋을까 하는 생각을 하곤 했었다.

147

이 판소리는 이 씨 조선 후기 충청도와 전라도를 중심으로 발달한 창악(唱樂)을 일컫는 말인데, 일정한 줄거리를 창극에 붙여 부르던 노래로서, 한 사람의 광대에 의하여 소리와 아니리를 혼자 두세 시간씩 끈기 있게 부르는 것이 판소리이다. 그래서 양반계급에서는 이 노래를 "소리"라고 하여 낮추어 불렀으나, 시조와 잡가, 민요 등과 함께 국악 중 하나다. 판소리에는 춘향전, 심청전, 흥부전 등 12마당이 있다고 한다.

오래전이지마는 우연한 기회에 무형문화재인 이일주 선생의 판소리를 직접 들을 기회가 있었다. 선생께서는 춘향가 중 한 대목을 불렀는데, 춘향이가 옥에 갇히는 신세가 되었고, 내일이면 변 사또에게 물고를 당할 위급한 상황에서, 이몽룡이 과거 급제를 한 후 암행어사 신분으로 돌아와 그 장모와 능청을 떠는 대목이었다.

이 판소리를 듣는 동안 긴장감과 초조함, 오장육부가 자리를 바꾸는 것 같은 이상야릇한 흥분과 기대, 애간장이 다 녹아내리는 것 같은 배뇨감(排尿感) 때문에 아랫도리가 저렸다.

옛 선조들의 해학과 한이 서린 판소리를 들으며, 옛 시대상을 보는 듯했고, 서민 계급의 한숨 소리를 듣는 듯했다. 만약 이러한 판의 문화가 없었더라면, 우리의 역사는 존재하지도 못했을 것이라는 생각이 들기도 한다. 굿판, 씨름판, 춤판, 윷판, 심지어 노름판까지도 우리 서민 정서 순화에 한몫했을 것이라 믿는다.

옛날 천민, 즉 쌍것들 취급을 당했던 서민들이, 이 "판"에서 한숨을 돌리고, 한을 풀었으며 위로를 받았다고 볼 수 있다.

그런데 문제는 이렇게 신바람 나는 "판"이 외세에 의하여 깨지고 있다는 사실이다. 역사를 뒤돌아보면 아주 옛날에는 대국이라는 오랑캐들이 그 판을 깼고, 나막신을 신은 왜구가 36년간이나 그 판을 깼으며, 서양 코쟁이들이 퇴폐적인 서양문물을 가지고 들어와 신명나는 그 우리의 "판"을 깨놓고 말았다.

그뿐인가? 이 나라의 정치가들도 온 국민이 하나 되는 통합의 판을 만들어 주지는 못할망정, 동서, 좌우, 진보, 보수로 편을 갈라, 서로 불목하게 하여 "판"을 깨 놓고 있다. 이제 서민 대중들의 "판"들은 모두 "막판"으로 몰리고 말았다. 어디 "막판"이 아닌 것이 있는가 말이다.

"막판"이 되고 보니 사람들이 모두 조급증이 생겨서인지 내일이 없는 하루살이 인생을 사는 현실이 되고 만 것이라는 말이다. 그래서 노래란 노래는 모두 째지게 부르는 재즈요, 춤이란 춤은 광란에 발광이요, 먹자판이요, 난장판이요, 개판이 되고 말았다. 어느 것 하나 개판 아닌 것이 있는가 말이다.

어떤 의미에서 조선 사람은 세상의 그 어떤 종족보다 잘 먹고, 잘 놀고, 일 잘하는 민족이면서 "판"을 잘 만드는 "판"의 민족이라 할만한데, 그 "판"을 잃고 만 깃이 분통이 터질 깃만 같고 안타깝기 짝이 없다.

이제 우리는 분발하여 신바람 나는 "판"을 다시 만들어야 하겠다. 건전하고 좋은 "판", 어깨춤이 절로 나는 "살판"을 만들자. 마음껏 넋두리하고, 마음껏 뛰놀고, 마음껏 먹고 춤추며, 노래할 수

살판을 다시 만들자.

있는 "살판"을 만들자. 인생은 놀이 인간이다. 부정적인 "막판"의 문화를 되살려, 정말 신바람 나는 멋진 굿(good)판을 만들어야 하겠다.

이참에 남북도 하루빨리 통일되어 온 겨레가 하나가 되어 벅구에 맞춰 얼씨구절씨구 춤출 "살판"의 세상이 왔으면 얼마나 좋을까. 나도 이제부터라도 판소리나 배워 목이 터지도록 창을 하면서 신명나는 "살판"을 만들어 봤으면 좋겠다.

* 아니리 : 판소리에서, 창을 하는 중간에 장면의 변화나 정경 묘사를 위해
　　　　이야기하듯 엮어 나가는, 창 아닌 말이다.
* 벅구 : 사물놀이를 할 때 사용하는 북을 일컫는 경상도 사투리.

소나무와 인생살이

우리나라 전역에 걸쳐 서식하고 있는 소나무는 우리 서민의 생활과 밀접히 관계된 나무이다. 소나무라는 이름의 유래를 살펴보니 너무나도 흥미롭다. 솔이라는 말은 "수리"라는 우리말에서 나온 말로, 우두머리, 으뜸이라는 뜻이라고 한다.

그리고 송(松)이라는 한자는 나무 목(木)변에 벼슬 공(公)자인데, 이는 나무 중에서도 벼슬을 해도 좋을 만큼 훌륭한 나무라는

뜻이라는 것이다. 더러는 껍질이 거북이 등을 닮았다고 하여 구룡목(龜龍木)이라고도 하고, 소(牛)의 엉덩이에 쇠똥이 덕지덕지 붙은 모습을 닮아서 소나무라 한다는 설도 있다.

그리고 소금이라는 말도 '작은 금'(小金)이라는 글자로, 소금이라는 우리말의 유래는 농경사회에 없어서는 안 될 소(牛)와 금(金)을 합한 것만큼 귀하다는 뜻을 가졌다는 설도 있다.

이같이 옛날 농경사회에 있어 소(牛)는 그야말로 그 무엇보다도 더 요긴한 존재였다. 소 한 마리는 곧 전 재산과 같은 것이었다. 그 소로 농사도 짓고, 길러서 자식들 공부도 시키고, 시집 장가도 보내곤 했었다. 그래서 소를 애지중지하여 정성 들여 아침 저녁 소죽을 끓여 먹여 키웠다. 그러다가 소는 마지막에 피와 살, 그리고 뼈와 가죽까지 인간에게 모두 다 주고 가는 것이다. 그래서 이런 소를 본받는 삶을 살겠다는 뜻으로 나의 호(號)를 황우(黃牛)라고 한 것이다.

이같이 소나무도 소(牛)만큼 귀하고 요긴한 나무이다. 사람이 태어날 때도 솔가지를 금줄에 걸었으며, 소나무로 지은 집에서 살면서 소나무나 그 잎을 태워 지은 밥을 먹고 살다가, 소나무 관에 들어가 일생을 마치는 것 아닌가. 이렇게 소나무는 우리 인생살이와 떼려야 뗄 수 없는 밀접히 관계된 나무이다.

해방 전에는 피땀으로 거둔 양식을 모두 일제에 공출당하고, 식량이 절대적으로 부족할 때, 많은 사람이 초근목피로 연명하였었다. 그때 없어서는 안 될 재료가 소나무 껍질이었다. 소나무의 내피를 고스란히 벗겨, 물에다가 며칠을 우려낸 다음, 절구에 보드랍게 찧은 후, 곡식 가루를 조금 넣고 쪄서 송기떡을 만들어 먹었다.

워낙 배고픈 시절이기도 했지만 먹을 때는 그런대로 먹을 만하고 배도 불렀다. 그러나 뒤처리가 문제였다. 섬유질이 많은 식물이라 변비를 일으키기 일쑤였다. 견디다 못해 결국 나무 꼬챙이로 파내야 하는 고충을 겪어야만 했던 기억이 새롭다.

이같이 소나무는 그 자체로도 훌륭한 땔감이지마는 겨울철이면 나무 밑에 떨어진 갈비(말라서 땅에 떨어진 솔잎. 불쏘시개로 쓰이는 솔가리)는 아주 귀한 땔감이었다.

그리고 더 소중한 것은 다른 나무들도 다 그렇겠지만, 우리 인간들의 삶에 아주 소중한 산소를 배출하고, 일산화탄소를 흡수한다는 사실도 잊어서는 안 된다. 그뿐만 아니라 솔가지가 마르면 송진이 뭉쳐 옹이가 생기는데, 그 옹이 즉 관솔은 밤에 방안을 밝혀 주는 등잔불로 불 밝힘의 아주 유용한 재료이기도 했었다.

그리고 다른 나무들은 겨울이 되면 잎사귀까지 다 떨어내고 겨울잠을 자지만, 소나무는 그때 더욱 빛을 발하여 사시 청청한 절개의 나무이기도 하다. 아무리 추운 겨울이라도 잘 자란 소나무를 보면 마음이 기쁘고, 안정감과 함께 희망과 용기를 주는 나무가 바로 소나무이다.

이같이 소나무는 우리 인간이 태어날 때 금줄에 끼울 만큼 길

(吉)하고 정(靜)한 나무이며, 허기진 배를 채워준 소중한 나무이기도 하지만, 사람이 명(命)을 다하고 세상을 하직할 때에는 소나무로 만든 관에 들어가 일생을 마치는 친근(親近)한 나무이다.

그런데 문제는 근래에 와서 그 소나무가 자꾸만 우리 곁을 떠나고 있다는 사실이다. 요즘 재선충에 감염되어 고사하는 소나무가 많기 때문이다. 재선충에 한 번 감염이 되고 약 6일 정도만 지나면 솔잎이 힘이 없어지고, 20일 정도부터 시들기 시작하며, 한 달이 지나면 그때부터 솔잎이 붉은색으로 변하면서 고사하는 병이다.

차를 타고 길을 가다 보면 여기저기 재선충에 감염된 소나무를 베어 쌓아 놓고 방수 천막으로 덮어 놓은 것을 이곳저곳에서 볼 뿐만 아니라, 이미 말라버린 소나무들이 많이 있는데도 그대로 방치한 것을 보는데 그때마다 마음이 아프다.

물론 이 병에 걸리기 전에 방제해야 하지만, 아주 넓게 분포되어 서식하는 소나무를 모두 관리하는 것이 현실적으로 어렵다는 것은 인정한다. 그러나 이대로 가다가는 몇십 년 후에는 우리 강산에서 소나무를 보지 못할 날이 올 것이라는 생각을 떨칠 수가 없다.

지금이라도 지방자치단체는 물론 정부 당국이 이 소중한 소나무가 우리 곁에서 모두 사라지지 않도록 최선을 다하고, 모든 방제 방법을 강구해야 할 것이다. 우리 조상님들과 애환을 함께해 온 이 소나무를 잘 지켜내어, 푸르고 푸른 강산을 자손 대대로 물려주어야 할 것이다.

우리나라 국가인 애국가의 가사처럼 "남산 위에 저 소나무 철갑을 두른 듯 바람서리 불변함은 우리 기상일세. 무궁화 삼천리 화려 강산 대한 사람 대한으로 길이 보전하세"를 계속 부를 수 있게 해 주기를 정부 당국에 간곡히 부탁하는 바이다.

인격의 장광(長廣) 고저(高低)

사람은 누구나 인격을 가지고 있다. 그것을 품격이라 할 수도 있고, 됨됨이라 할 수도 있으며, 인간다움이라고도 할 수 있을 것이다. 그런데 같은 부모에게서 태어났다고 해도, 그 인격이 공장에서 찍어낸 벽돌같이 한결같을 수는 없다. 그 인격에 있어 길이(長)와 넓이(幅), 높이(高)와 깊이(低)가 다르게 마련이다.

우리가 사회생활을 하다 보면, 길이는 길지만, 폭이 좁은 사람을 만나기도 하고, 폭은 넓지만, 깊이가 얕은 사람도 만난다. 얕은 시냇물 소리가 나는 사람도 만나는가 하면, 천 길 폭포수 같은 우렁찬 소리가 나는 사람도 있다. 조그만 꽹과리 소리를 내는 사람이 있는가 하면, 에밀레종 같은 웅장한 소리를 내는 사람도 있다.

인생의 넓이도 마찬가지다. 조그마한 웅덩이같이 속이 좁은 사람도 있고, 태평양과 같은 넓은 마음을 가진 사람도 있다. 그 이상(理想)이 하늘에 닿은 사람이 있는가 하면, 항상 무엇을 먹을까, 무엇을 마실까 하는 걱정에만 사로잡혀 사는 사람이 있음도 사실이다.

이번에 나는 일생일대의 큰 경험을 하고 있다. 내 80 평생 중, 약 50년 가까이 아내와 함께 살았을 뿐만 아니라, 4남매와 증손들까지 있어 외로운 줄 모르고 살다가 아내가 요양병원에 갔기 때문에 요즘은 우두커니 혼자 집을 지키는 신세가 되었다.

이런 갑작스러운 변고를 당해보니, 사람의 인격의 장광고저(長廣高低)가 인생의 이런저런 고난을 통해서 더 심오해질 뿐만 아니라, 폭이 넓어진다는 것을 깨닫는다. 무쇠가 얼마나 여러 번 풀무 불에 들어갔다 나오며, 얼마나 여러 번 장인의 쇠망치에 맞았는가에 따라 그 강도를 달리하는 것처럼, 사람도 고난을 겪어보지 않으면 그 품격의 장광고저의 폭이 넓어질 수 없다는 것이 나의 지론이다.

하지만, 아무리 경험이 중요하다고 해도, 살인의 경험이라든지, 강도나 질도의 경험이라든지, 죽음의 경험 등등은 식섭 할 수 없는 일이기 때문에 간접경험이라는 것이 필요하다고 하겠다.
이런 간접경험을 하는 여러 가지 방법이 있겠지만, 다양한 장르의 책을 읽는 방법이 가장 유효하리라 여긴다. 그러나 독서라는 간접경험도 세상의 모든 책을 다 읽을 수 없는 노릇이기 때문에 한계가 있는 게 사실이다.

그래서 인격의 장광고저(長廣高低)와 품격을 고양(高揚)시키는 중요한 요소는, 다른 사람과의 입장교환(立場 交換)이라고 할 수 있을 것 같다. 예를 든다면, 장애인이나, 불우한 자, 또는 환자나 약자의 입장에 서 보기도 하고, 때로는 상사나 하급자의 입장에 서 보는 등, 서로의 처지를 바꾸어 보는 것을 말하는 것이다.

물론 입장교환이라는 것은 그리 쉬운 일은 아니다. 그러나 죽는 날까지 좌절하거나 포기하지 말아야 한다. "내가 이루었다 함이 아니요 잡았다 함도 아니라. 다만 앞에 있는 푯대를 향하여 달음박질한다."는 바울의 말처럼, 지금부터라도 인격 신장을 위해 최선을 다하겠다는 다짐을 해 본다.

나도 늦었지만, 십자가에서 벌린 팔로 전 인류를 감싸 안으신 예수님을 본받아 저 하늘같이 높고, 바다같이 넓은 인격의 소유자가 되기를 간절히 소원해 마지않는다.

F. "다움"의 미학

"다움"의 미학

우리가 잘 아는 그리스·로마의 시지포스(Sisyphus) 신화에는
"저주받은 신"의 이야기가 있다. 이 "저주받은 신"이 크고 무거운
돌을 산꼭대기로 밀어 올리다가 산 정상에 다다라서 "이제 되었
구나."라는 생각을 하는 순간, 그 돌은 다시 나락(那落)으로 굴러
떨어지고 만다는 내용이다.

이 신화는 우리에게 완성이라는 것은 없으니, 자만하지 말라
는 교훈을 주기 위함이 아닐까 여긴다. 이 세상의 어떤 사람
도 "이미" 완성되었다고 자부할 수 있는 사람은 없다는 것을 명
심해야 할 것이다.

그런데 오늘날 우리 주변에는 "이만하면 되었지!"하고, 내일을
생각하지 않는 하루살이와 같은 삶을 사는 사람들이 얼마나 많은
지 모르겠다. 어쩌자고 장래가 창창한 젊은이들이 순간적인 감정

을 억제하지 못하고, 흉악한 범죄를 저질러 인생을 망친단 말인가! 먼 앞날은 고사하고 한 발자국 앞도 생각하지 않고, 위장전입이니, 탈세니, 성범죄 같은 불법을 저질러, 장·차관 인사청문회에서 망신을 당하고, 낙마하는가 말이다. 촉망되던 미래를 불살라 버리는 사람들을 보면 장탄식이 절로 난다.

요즘은 옛날과 달리 많은 사람이 장수(長壽)하기 때문에 백세 시대라는 말을 자주 듣는다. 사실 65세에 자원은퇴를 한다고 해도 아직 인생의 1/3이나 남아 있지 않은가?
나는 65세에 자원은퇴를 했다. 무료하게 그냥 노인정이나 다니며 인생을 낭비하고 싶지 않았다. 그래서 70세에 승마를 배워 5년을 넘게 말을 탔고, 칠십오 세에 시와 수필에 등단하여 시집 두 권과 수필집 다섯 권을 출판하기에 이르렀다.

그러고 보니 친구들이 "당신은 목사이면서 시인이 되고 수필가도 되었으니 성공한 사람"이라는 말을 하기도 한다. 그러나 나는 내가 완성되었다고 생각하지 않는다. 행여나 내 마음에 그러한 자만이 생길 때마다 시지포스(Sisyphus) 신화의 저주받은 신을 생각하면서 자신을 채찍질하며 살아간다. 그러므로 무엇보다 중요한 것은 그 무엇이 되는 것이 중요한 것이 아니라, 그 이름에 합당한 "그 다운 사람이 되는 것"이 중요하다 하겠다.

요즘 목사도 입에 담지 못할 범죄를 저질러 손가락질을 당하는 이도 있고, 유명세를 누리던 시인도 입방아에 오르내리는 것을 보면 안타깝기 짝이 없다. 그래서 때로는 조용히 눈을 감고 나는 과연 참 목사다운 목사였으며, 아버지다운 아버지였으며, 남편다운 남편이었던가를 생각해 보면 등골에 식은땀이 괴인다.

우리 기독교에서 말하는 죄라는 개념도, 세상 법이나 성서 법을 어기는 행위만을 말하는 것이 아니고, "마땅히 되어야 할 존재가 되지 못한 것"이 죄라고 말한다.

예를 든다면 누구든지 남편이 되고 아내가 되며, 부모가 되는 것은 쉬운 일이다. 하지만 참 부모다운 부모, 남편다운 남편, 자녀다운 자녀, 스승다운 스승이 되는 것은 그리 쉬운 일이 아니다.

다시 말하면 남의 부모가 되고, 남편이나 아내가 되며, 시인, 또는 작가가 되는 일은 그리 어려운 일은 아니다. 하지만, 마땅히 되어야 할 그 직분에 맞는 "그 다운 사람이 되지 못한 것"이 바로 죄라는 말이다.

되돌아보면 나는 팔십 평생 내가 목표했던 그 완전함에 도달하지 못했다. 마땅히 되어야 할 그런 목사도 아니었고, 인격적으로 마땅히 되어야 할 존재도 되지 못했다. 그런 의미에서 나는 하나도 이루지 못한 미완성의 존재다.

하지만 그렇다고 나는 좌절하거나 실망하지 않는다. 아직 희망이 남아 있기 때문이다. 내가 만약 백 세를 산다면 아직 십수 년이나 남았다. 남은 세월 동안 이루지 못한 것 이루며 살 기회가 있기 때문이다.

내일엔 또다시 해가 뜨겠지! 라는 생각을 하고 오늘 해야 할 결단을 내일로 미루는 사람들이 있지만, 내일 해는 다시 뜨겠지만,

"다움"의 미학

내가 눈을 뜨지 못할 수도 있다는 것을 명심해야 할 것이다. 바로 지금이 결단할 때며 새 출발을 할 때이다. 자포자기(自暴自棄)하지 말자. 그리고 우리에겐 "아직"이 남아 있다. 자! 우리 모두 "미래로 나가자." 아자아자.

* "다움" : "답다"의 명사형으로, 사람다움, 아름다움 등으로 쓰인다. "다움"은 이 세상 모든 사물의 으뜸 가치로 누구나 추구해야 할 목표이다.

소와 사자의 사랑 이야기

요즘 우리 사회는 갈등의 골이 건너기 어려울 만큼 깊어만 가는 듯 보인다. 남과 북의 갈등은 물론, 동과 서를 비롯한 종교적인 갈등, 국제적인 무역 갈등, 결혼 등으로 인한 타국인과의 갈등, 그리고 세대 간이나 문화 차이의 갈등 등등은 아주 심각하다 하겠다.

다른 것은 차치(且置)하고 신세대와 구세대 간의 문화 차이도 심각하리만큼 골이 깊어가고 있다. 스마트폰 하나면 모든 것을 해결하는 이 세대와 컴퓨터는 물론 스마트폰으로 카톡도 하지 못하는 세대는 그 골이 너무 깊어 그랜드 캐니언(Grand Canyon) 골짜기 같아 보인다.

구세대라 그런지 모르지만, 우리 나이 든 사람은, 요즘 젊은 세대가 왜 그렇게 컴퓨터와 스마트폰에 미쳐 있는지 이해하기 힘들다. 그래서 부모 세대는 스마트폰 좀 그만해라! 컴퓨터 게임 좀 그만해라! 하고 노래를 불러도, 자녀 세대는 그 이유를 알지 못할 뿐만 아니라 잔소리로 여긴다. 젊은 세대들은 컴퓨터나 스마트폰을 다루는 기술이 남에게 뒤지면 낙오자가 된다고 생각하는 것 같다.

또 젊은 세대는 부모 세대가 왜 그토록 현대적 문명이기(文明利器)를 사용하지 못하게 만류하는지에 대해서도 이해가 안 되고, 부모 세대가 왜 그렇게 일에만 미쳐 있는지 이해하기가 곤란할 것이다.

하기야 옛날 농경사회는 지식이 배가 되기 위해서는 몇 세대가 걸리기도 했지만, 요즘은 날이 멀다고 지식이 배가 되고 있기 때문이기도 할 것이다. 이런저런 이해 불가 사실 때문에 골이 깊어지는 것 같다.

이런 몰이해 때문에 부부나 부자지간, 남과 여, 상하 관계 등에서 문제가 생기곤 하는 것 같다. 그래서 세대 차라는 말이 나오고, 남존여비라는 말이 나오기도 하며, 갑(甲)질이라는 말도 생긴 것이라 여긴다.

이런 이야기가 생각난다. 소와 사자가 한눈에 반해 사랑했다고 한다. 소는 사자의 휘날리는 갈퀴에 반하고, 사자는 소의 멋진 뿔에 반해 버렸다. 그래서 소는 열심히 좋은 풀을 뜯어다가 자기도 먹지 않고 사랑하는 사자에게 가져다주었고, 사자는 열심히 사냥하여 맛있는 살코기를 사랑하는 소에게 가져다주었다.

그러나 소는 살코기를 거듭 떠보지도 않았고, 사자도 풀을 외면했다. 그래서 그들은 서로 다투기 시작했다. 서로가 말하기를 "나는 당신을 위해서 소중한 것들만 골라다 주었는데, 당신이 거듭 떠보지도 않으니 나를 사랑하지 않는 것이 아니냐."고 말이다. 처음엔 이들은 서로 사랑싸움이겠거니 생각했으나, 아무리 노력해도 날이 갈수록 골은 더 깊어만 갔다. 그들은 결국 파경을 맞게 되었다는 것이다.

서로가 서로에게 하는 말 한마디는 "나는 당신을 위해 최선을 다했다."는 것이었다. 그러기 때문에 내 책임이 아니라고 서로 책임을 전가하기에 바빴다. 그러나 소와 사자는 자기의 최선이 상대방에게 최악이 될 수 있다는 사실을 몰랐다. 그들은 서로를 이해하지 못하고 자기만의 무인도에서 살았기 때문이다.

사실 "이해"라는 영어는 "under·stand"인데, 이 말을 따로 떼어 생각해 보면 "un·der" "stand"라는 두 단어의 합성어다. 그 뜻은 바로 아래에 계속해서 서 있다는 뜻이다. 그런데 모두가 아래에 서 보지 않기 때문에 문제가 야기되고 갈등이 고조되는 것이 아니겠는가.

인생살이의 모든 문제와 갈등의 해결은 서로 이해하고 용서하는 것으로부터 시작한다. 특히 용서란 히브리어로는 '헤세드'인데 "하나님의 불변 사랑", "은혜", "인자(仁慈)"라는 뜻이다. 그리고 "은혜"라는 말에는 "입장교환"이라는 의미가 있다. 무엇보다 상대방의 입장에 서 보는 일은 모든 문제 해열의 단초(端初)가 된다. 입장을 교환해서 볼 때 진정한 의미와 행동의 이유를 알 수 있기 때문이다. 위의 소와 사자는 서로의 입장에 서보지 않았기 때문에 서로를 이해할 수가 없었던 것이다.

이제 우리가 서로의 "아래에 서 보고" 상대방과 "입장을 교환"을 해보아서 자꾸만 깊어만 가는 우리 사회의 갈등과 몰이해가 하루속히 해결되고, 우리의 삶이 더욱더 평화롭고 행복했으면 하는 마음 간절하다.

정(情)과 사랑의 상관관계

우리나라는 그 어떤 나라, 그 어떤 민족보다 정(情)이 많은 나라로 알려져 있다. 그래서 정"情"이란 무엇인가를 사전에서 찾아보니 "오랫동안 지내 오면서 생기는 사랑하는 마음이나 친근한 마음."이라고 했다. 그러나 불교에서는 혼탁한 망념(妄念)이라고 한다는 것이다.

이렇게 정(情)이라는 것은 정의(定義) 하기가 매우 애매한 개념이다. 단순하게 어떠한 감정으로만 치부하기도 애매하고, 그렇다고 사랑이라고 단정하기도 애매하기 때문이다. 그래서 '일종의 사랑'이라고 정의하는 것이 좋을 듯하다.

그러면 사랑이란 무엇인가? 우리가 잘 아는 대로 헬라어에서 사랑이라는 말에는 몇 가지가 있는데, 첫 번째가 남녀 간의 사랑인 "에로스"(Éros). 두 번째는 혈육의 정이라고 할 수 있는 "스토르게"(Storge). 세 번째는 우정이라 분류하는 "필리아"(Philia)인데, 영어로는 보통 'friendship'으로 번역한다. 네 번째는 "아가페"(Agápe)이다. 이는 보통 거룩하고 무 조건적인 사랑, 즉 하나님의 성스러운 사랑을 말하는데, 이 사랑은 에로스와 스토르게, 필리아까지 모두를 포함하는 '완숙된 사랑'을 말한다.

그런데 문제는 그러한 사랑의 경계이다. 어디까지가 에로스이고, 어디까지가 스토르게이며, 어디까지가 필리아이고 아가페란 말인가? 예를 들면 아버지는 딸을 더 사랑하고 어머니는 아들을 더 사랑하는 것이 보통인데, 여기엔 에로스가 약간 섞여서 그렇지 않을까 하는 생각이 들기 때문이다. 이렇게 애매한 사랑의 경계 때문에, 혼동(混同)이나 혼란(混亂)을 일으켜, 패륜(悖倫)을 저지르는 것이 오늘의 현실이다.

아리스토텔레스는 "친구란 무엇인가?"라는 질문에 "두 개의 몸에 깃든 하나의 영혼."이라고 말했는데, 두 개의 몸에 하나의 영혼인 친구가 과연 어디에 존재한단 말인가? 그래서 참으로 순수한 에로스도 찾기 힘들지만, 진정한 스토르게나 필리아를 찾기가 어렵다는 말이다. 거기에 아가페는 더 말할 나위가 있겠는가!

내가 어릴 때만 해도 사랑한다는 말을 별로 사용하지 않았다. 큰맘 먹고 연애편지나 쓸 때 한 번씩 쓰곤 했던 말이다. 아무리 부부라도 일평생 사랑한다는 말 한번 하지 못하고 세상을 떠난 사람도 많을 것이 분명하다.

하지만 요즘은 통신 문화의 발달 때문인지 걸핏하면 사랑한다고 말하고, 대중가요 가사에도 사랑이라는 말이 난무한다. 또 서로서로 두 팔로 하트 모양을 만들거나, 두 손가락으로 하트를 만들어 보이기도 하고, 카톡을 보낼 때도 ♡기호를 자주 주고받으며, 사랑한다는 말을 많이 사용하는 것이 사실이다. 그러나 오늘 현실에서 참사랑을 찾는다는 것은 볏가리에서 바늘을 찾는 것과 같다는 생각이다.

이렇게 사랑한다는 표현을 많이 하지만, 오히려 노년 이혼이 늘어나고 있을 뿐만 아니라, 죽고는 못산다는 연인들이 하루가 멀다고 이별을 하는가 하면, 신혼여행을 갔다가도 헤어지거나, 1~2년을 넘기지 못하고 갈라서는 경우가 허다하니 한심하기 짝이 없는 노릇이다. 그래서 성서에서 말세에 이르면 사랑이 식는다고 하셨는데, 그래서 그런 것은 아닐까 하는 생각을 해 본다.

영국의 소설가이자 철학자인 클라이브 스테이플스 루이스(Clive Staples Lewis)라는 사람이 말하기를 "인간은 에로스에 의해 태어나고, 스토르게에 의해 양육되고, 필리아와 더불어 성장하며,

아가페에 의해 완성된다."라고 했다.

클라이브 스테이플스 루이스(Clive Staples Lewis)의 말대로 진정한 에로스에 의해 태어나서, 스토르게에 의해 양육되고, 필리아와 더불어 성장하여, 참다운 아가페에 의해 완성되는 인간관계가 되고, 서로 간에도 정이 넘치는 민족이기를 간절히 바란다.

고정관념(固定觀念)을 버려라.

사람은 누구나 선입관(先入觀)을 갖고 있게 마련이다. 나도 어릴 적에 어른들로부터 물려받은 선입관과 고정관념도 있고, 후천적으로 생긴 고정관념도 있다. 그러나 그 선입관이 고정관념이 되어 버리면, 그 어떤 변화나 발전도 불가능하다는 사실을 요즘에서야 더욱 절실하게 느낀다.

예를 든다면 예부터 "키 크고 안 싱거운 사람 없다"라는 말을 많이 들어왔다. 어디 키 큰 사람이라고 모두 싱거운 사람이겠는가? 이런 말에 대한 선입관은 어른들에게 들어서 생긴 선입관인데, 그것이 잘못된 고정관념이 되기도 한다.

그 외에도 내게는 고정관념화한 것이 하나 있었는데, 논농사는 절대로 기계화가 될 수 없다는 고정관념을 갖고 있었다. 바퀴가 논에 빠지기 때문이다. 하지만 요즘은 완전히 기계화되어 있어 놀라울 뿐이다.

탈북자들이 한국에 와서 가장 먼저 놀라는 것은 들판에 사람은 없는데, 순식간에 모내기가 끝나는 것이라고 한다. 지금도 이북에서는 "모내기 전투"라고 하면서, 어린 학생들까지 동원해서 모를 심는데, 우리나라는 트랙터 몇 대만 있으면 아무리 넓은 들녘이라도 며칠 만에 모내기가 다 끝나버리니 그런 생각을 하지 않겠는가 말이다.

그리고 옛날에는 부부간에도 남편을 바깥어른, 또는 바깥사람이라 부르고, 아내를 안사람이라 불렀다. 그릇과 여자는 밖으로 돌리면 깨진다는 말도 있었다. 그런데 요즘은 여성들이 밖으로 나가 활동하므로 인하여 이 사회에 얼마나 많은 공헌을 하는가?

나도 조그마한 농장을 경영하고 있는데, 요즘 날씨가 더워지고, 비가 자주 오니까 풀이 얼마나 많이 나는지 감당하기가 어렵다. 예부터 풀은 낫이나 호미, 그리고 괭이로 김을 매는 것이 상식이었고 고정관념이었다. 그런데 요즘에는 예초기도 좋은 게 많고, 아예 풀이 나지 않게 하는 여러 가지 제초제도 있다.

그런데 아직도 잘못된 선입관과 고정관념을 버리지 못해 손가락질을 받는 사람들이 많은 듯하다. 우리나라 정계 일각에 일본을 해바라기 하면서, 좋아하고, 그리워하는 "토착 왜구"라는 말을 듣는 사람들이 많다는 사실이 안타깝기 짝이 없다.

물론 나도 전에는 일본을 동경하고 본받아야 한다고 생각했었다. 내가 1980년대에 일본을 다녀왔는데, 일본의 문물과 질서 의식, 그리고 쓰레기 분리수거와 거리 질서를 보면서 적잖게 놀랐었다. 그래서 자녀들에게 제일 먼저 일본을 여행시키라는 말을 하기도 했다.

그러나 이제는 그런 일본 숭앙의 고정관념에서 벗어날 때가 된 듯하다. 특히 코로나 사태를 경험하기도 하고, 우리나라가 선진국 대열에 오르고 보니, 한국의 위상이 날로 비상(飛上)하고 있어 일본은 물론 서양인 우월사상 같은 고정관념까지 완전히 버려야 한다는 생각이 든다.

이제 우리는 옛날 "엽전"의 고정관념에서 벗어나야 한다. 우리 뇌리에 아직도 남은 좋지 않은 고정관념이 있다면, 그것을 하루라도 빨리 버리는 것이 개인은 물론, 이 나라 발전과 문예 부흥의 지름길이라 믿는다.

우리 한민족은 대단한 민족이다. 자긍심을 가져야 한다. 그래서 우리 한반도 지형과 같이, 떨치고 일어나, 호랑이의 당당한 위상을 전 세계에 보여주고, 오천만이 다 함께 전 세계를 향한 힘찬 표호(豹虎)를 해야 할 때리라 여긴다.

호칭에 대한 여담

지난번에 격세지감(隔世之感)이라는 글에서 우리나라가 세계적으로 1위를 하는 것들이 참 많다고 했었다. 그중에는 "세계에서 족보가 가장 잘 발달하여 있는 나라."라는 것을 밝힌 바 있다. 족보가 잘 되어 있으니 우리나라만큼 호칭이 다양하고 복잡한 나라도 없을 것 같다. 이는 인간관계가 매우 복잡하다는 것을 의미하기도 한다.

친족 간에 호칭도 많이 복잡하고, 사돈 간이나 처족 간의 호칭 또한 복잡하기 그지없다. 그래서 내가 고향 교회에서 목회할 때, 조카뻘이나 손자뻘 되는 사람에게까지 존칭어를 사용했더니, 무난하게 고향 교회에서 목회를 할 수 있었다. 사실 나 자신도 그러한 호칭을 모두 다 잘 알지 못하기 때문이기도 했다. 그러나 정말 듣기 거북한 호칭만 몇 개 지적하려고 한다.

제일 먼저 대통령에 관한 호칭부터 생각해 보자. 과거 권위주의가 팽배했던 시절에는 "각하"라고 부르기도 하고, 대통령 부인을 영부인이라 부르기도 했다. 하지만 그러한 호칭은 너무 듣기 거북하다. 대통령 자신이 자기를 호칭할 때는 "대통령 아무개"이면 되고, 다른 사람이 대통령을 부를 때는 "아무개 대통령님"이라고 하면 되지 않을까 싶다. 대통령 부인의 호칭도 "여사님"이면 적당할 것이다.

그리고 윗사람에 대한 호칭도 여러 가지가 있지만 어르신, 또는 선생님, 아무개님, 그리고 그가 직위를 가졌다면 그 직함을 부르는 것이 보통일 것이다. 우리 주변에는 목사, 신부, 스님 등, 종교적인 직함을 가진 사람들이 많다. 어떤 목사님이 내게 공문을 보내면서 자기 이름을 "아무개 목사님"으로 적어 보낸 것을 보았다. 이런 편지는 바로 휴지통으로 직행이다.

또 인터넷을 보니 스님이 자기를 꼭 "아무개 스님"이라 부르고 있다. 역시 이 모두는 상식 이하의 호칭이라 여긴다. 자기 직함에다가 "님"자를 붙이는 것은 다른 사람이 그를 부를 때 사용하는 호칭이지, 자기가 자기를 부를 때 사용하는 것이 아니다. 자기가 자기를 어떻게 신부님, 목사님, 스님이라고 할 수 있는가 말이다.

나는 공식 문서에서는 꼭 직함을 앞에 넣어서 "목사 아무개"라고 쓰고 있다. "아무개 목사"라고 직함을 이름 뒤에 쓰면, 어쩐지 교만스러워 보이기 때문이다. 대통령도 자기 이름을 쓸 때는 "대통령 아무개"라고 하지 "아무개 대통령이라고 하지 않는 것처럼 말이다.

스님도 다른 사람이 그를 높여 부를 때 "스님"이라고 하는 것이지, 자기가 자신을 호칭할 때는 "승"(僧)이거나, "중"이어야 한다. 자기를 부를 때 "목사님"이라고 하거나 "스님"이라고 호칭하는 것은 예의에 어긋난 것이라 하지 않을 수 없다.

그리고 목사가 자기 아내를 호칭할 때도 "사모님" 또는 "부인"이라고 부르는 사람이 더러 있다. 역시 몰지각한 언어다. "사모님"이란 호칭이나 "부인"이라는 호칭 또한 남이 사용하는 존칭어이기 때문이다. "내자"(內子) 또는 "실인"(室人), "아내", "집사람"이어야 할 것이다.

그뿐만 아니라 요즘 자기 남편에 대한 호칭도 다양하지만 자기 남편을 "오빠"라고 부르는 행위는 윤리적으로 많이 어긋난 호칭이 아닐 수 없다. 과거엔 "서방님" "낭군님" 등으로 불렀지만, 요즘은 그렇게 부르지는 않는다. 보통 형수가 시동생을 부를 때 "서방님"이라 부르는 것이 통례이다. 대체로 "여보", "당신", "아무개 아빠" 때에 따라서는 "남편" 또는 "바깥분" 등등이 무난할 것 같다.

다시 강조하지만 자기가 자기를 호칭할 때는 절대로 "님"자를 붙여선 안 된다. 우리 선배 목사님은 자기에게 오는 편지 봉투에 자기를 "아무개 목사"라고 직함을 뒤에 쓰면 교만한 사람이라고 그 편지 뜯어보지도 않았다.

보내는 사람은 분명히 "목사 아무개"로 표기하는 것이 바람직하고, 편지를 받는 분에게는 "아무개 목사님"이라고 해야 할 것이다. 특히 교회에서 대표 기도를 하는 분들이 가끔 "하나님 아버지! 우리 성도님들 한 분 한 분 잘 보살펴 주옵소서"라고 기도하는 것을 보았다. 이는 시어른 앞에서 자녀를 님이라고 호칭하는 것이나 다를 바가 없는 것이다.

요즘 젊은이들이 별의별 신조어들을 양산하고 있어 호칭이 그 의미를 잃어가고 있긴 하지만, 노파심에서 해보는 소리다. 호칭

호칭에 대한 여담

에 따라 그 의미도 다르거니와 정이 가기도 하고 감정이 상하기도 하기 때문이다. 바른 호칭으로 우리 인간관계를 더욱 아름답게 꾸려 나가는 노력이 절실히 필요할 때다.

명예와 멍에

지금으로부터 60여 년 전에 나의 모(母) 교회인 경북 김천에서 시무할 때 고등학생이었던 사람이 서울에서 경찰공무원을 하고 있는데, 오늘 경감으로 승진했다는 기쁜 소식을 전해 왔다. 반가워서 '그 직위는 명예(名譽)인 동시에 멍에이므로 겸손하게 잘 수행하라'는 축하하는 문자를 보냈다. 사람이 자기가 가진 직분을 명예(名譽)로 아느냐, 아니면 멍에로 아느냐에 따라 그 인격과 운명이 좌우되는 경우가 많기 때문이다.

옛말에 "호랑이는 죽어서 가죽을 남기고 사람은 이름을 남긴다."는 말이 있다. 그런데 문제는 어떤 이름을 남길 것인가가 대단히 중요하다. 선하고 아름다운 이름을 남기는 사람이 있는가 하면, 악하고 추한 이름을 남기는 사람도 있기 때문이다. 그렇다면 어떻게 살아야 명예로운 이름을 남길 수 있을 것인가가 관건(關鍵)이다.

한 나라의 대통령이 되고 장관이 되거나, 교회에서 목사가 되고 장로가 되는 것은 수십 년 동안 헌신의 결과로 주어진 직책들이기 때문에 명예인 것은 사실이다. 그런데 자기에게 맡겨진 그 직분을 명예로만 알면 결국 교만하여져서 권위주의자가 되고, 교만하여 사람들 위에 군림하게 될 뿐만 아니라, 그릇 행하게 되는 것이다.

그래서 내가 어떤 교회에 부임할 때마다 당회원들에게 '목사나 장로는 명예가 아니라 멍에입니다.'라는 말을 하곤 했다. 그런데 교회에서 목사를 비롯한 교직자들이 이 사실을 망각하고 경거망동하므로 걸림돌이 되거나, 부끄러운 이름이 되는 것을 수없이 많이 보았다.

그리고 요즘 목회자들이 주일마다 폭이 좁고 긴 숄의 일종인 스톨을 착용한다. 이것은 19세기 중엽 왕정복고 시대부터 착용한 하나의 두르개이다. 이 스톨을 두르는 이유는 목사의 권위를 나타내기 위함이거나, 아름답게 보이려는 것이 아니다. 그것은 본래 소나 짐승의 목에다 두르는 멍에를 상징하는 것이다. 하나님이 메워 주신 멍에를 메었다는 표시요 상징이라는 말이다.

그리고 신부나 목사들이 착용하는 '스탠딩 카라'도 마찬가지다. 자기가 목사요 신부라는 것을 표시하거나, 자랑하기 위함이 아니다. 역시 그것도 소나 개 따위 짐승의 목에 두르는 굴레, 즉 '목사리'를 의미하는 것이다. 주님이 이끄는 대로 움직일 뿐만이 아니라, 그 뒤에서 줄을 쥐고 계시는 분이 있음을 상징하는 것이다.

명예와 멍에

그런데 목회자들이 착용하는 스톨 색깔도 그 의미를 잘 몰라서 그런지 깜짝깜짝 놀랄 때가 있다. 결혼식 주례를 하거나 장례식 때 붉은 스톨을 착용하는 것을 보았기 때문이다. 왜 붉은 피를 상징하는 스톨을 착용하는지 알다가도 모를 일이다.

거두절미(去頭截尾)하고 누구나 직책의 고하를 막론하고 우리에게 맡겨진 그 직책이 명예(名譽)이기 앞서 멍에라는 사실을 바로 인식하고, 낮은 자리에서 겸손히 봉사할 때, 이 역사와 하나님의 생명책에, 거룩하고 아름다운 이름으로 기록되리라 믿는다.

해돋이와 해넘이

내가 은퇴를 한 후 바다를 약 5분 거리에 둔 포항의 조그마한 농촌 마을에 정착하였다. 마을 주변에 두세 개의 저수지와 둘레길이 있어 산책하기도 좋은 환경일 뿐만 아니라, 앞산과 뒷산이 마을을 아늑하게 감싸고 있는 전형적인 농촌으로 30여 가구가 모여 사는 인심 좋은 마을이다.

그런데 매년 겪는 일이지만, 연말연시가 되면 우리 집 앞 2차선 도로가 매어지도록 차들이 붐빈다. 가까이에 있는 경북 수목원이나, 10분이면 닿을 수 있는 월포나 칠포 같은 동해안에서 새해 일출을 보기 위함인 것 같다. 왜 하필 새해의 일출에만 초점을 맞추는지 알다가도 모를 일이다.

하긴 나는 마음만 먹으면 언제든지 해돋이와 해넘이를 보는 것이 일상이 되었고, 밤이면 달님과 별님을 보는 여유도 있어 날마다 감격스러워서 그런지는 모르겠으나, 분명한 것은 새해의 일출이 어제의 일출과 다르지 않다는 사실이다. 그런데도 왜 굳이 새해의 일출에만 집착하는 것인가 말이다.

춘향전 중에 이몽룡이 방자에게 "저 부채 끝을 보아라"고 하였다. 방자가 이몽룡을 놀리느라 "부채 끝에 아무것도 없는데요"라고 하니, 이몽룡이 왈 "아니 이놈아. 부채 끝만 보지 말고 저 건너에서 그네를 타는 춘향을 보라는 말이다"라고 했다는 대목이 있다.

수천 년 동안 반복되는 일출인데, 사람들이 왜 하필 부채 끝 같은 새해 일출에만 의미를 부여하는지 모르겠다. 해돋이의 태양만 볼 것이 아니라, 동해의 푸른 바다를 뚫고 용솟음치는 그 태양 뒤편에 계신 조물주를 왜 보지 못하는 것일까 하는 생각을 해 본다.

시편 8:3-4에 "주의 손가락으로 만드신 주의 하늘과 주의 베풀어 두신 달과 별들을 내가 보오니, 사람이 무엇이관데 주께서 저를 생각하시며, 인자가 무엇이관데 주께서 저를 권고하시나이까"라는 말씀이 뇌리에 스친다.

그리고 아침의 시라고 일컬어지는 시편 3편 5절에 "내가 누워

해돋이와 해넘이

자고 깨었으니 여호와께서 나를 붙드심이로다."라는 말씀처럼, 나의 하루 하루하루가 하나의 기적이라는 것을 깨닫고 감사하며 살아야 할 것이다. 그리고 새해 일출만이 아니라, 매일매일의 해돋이와 해넘이를 보면서 늘 자신을 반성하고, 각오를 새롭게 하며, 날마다 궤도를 바르게 수정하면서 그릇됨이 없는 삶이기를 바라며 두 손을 모은다.

휴지통 비우기

사람이 살다 보면 누구나 막론하고 쓰레기가 나오게 마련이다. 매번 처리하기가 곤란하니 휴지통이라는 것이 생겼을 것이다. 그래서 집안에도 휴지통이 있고 화장실에도 휴지통이 있다. 만약 그 휴지통을 비우지 않거나 오래 둔다면 미관상에도 좋지 않을 것이며, 악취가 나게 마련이고, 위생상으로도 좋지 않을 것이다.

얼마 전에 내가 약 2주간에 걸쳐 터키와 그리스 등 소아시아 성지 순례를 다녀왔다. 어떤 나라는 고풍 풍기는 건물이 즐비하고, 로마 시대 포장한 도로가 아주 멋이 있었지만, 길거리에 놓인 휴지통을 오래 비우지 않아 눈살을 찌푸리게 하였다.

그리고 우리가 사용하는 컴퓨터에도 휴지통이 있는데, 며칠만 비우지 않으면 온통 쓰레기로 가득하게 된다. 여행에서 돌아와 컴퓨터를 열어 보니, 즉석만남 광고, 비아그라 광고와 같은 온갖 스팸메일과 잡동사니들이 정상 메일과 함께 100여 통이나 쌓여 있었다. 그래서 휴지통을 깨끗하게 비우고 나니 속이 다 시원했다.

동시에 우리 마음에도 휴지통이 있게 마련이다. 가끔가다가 비우지 않으면 우울증을 비롯한 정신적인 질환까지 생기게 마련이다. 부부간에도 그렇고 친구 간에도 그렇고 사회생활을 할 때도 마찬가지다. 오래도록 쌓이고 쌓인 휴지통을 비우지 않으면 심각한 문제를 일으키게 된다는 사실이다.

꼭 40여 년 전 이야기지마는 우리 부부는 4남매를 두었다. 첫째는 아내가 친정에 가서 출산했기 때문에 장모님이 도와주셨지만, 둘째부터는 집에서 아기를 낳았다. 그때는 가난하기도 했지만, 병원이란 곳은 죽을병이나 들어야 가는 곳으로 알았다.
둘째를 해산할 때였는데, 아내가 진통이 있으면서도 같이 물을 데우고, 나는 아기를 받을 기저귀와 솜, 거저, 실, 그리고 가위를 소독해서 준비했다. 아내는 비교적 순산을 했다. 내가 탯줄을 실로 묶은 다음 가위로 자르고, 부부가 함께 아기를 더운물에 씻어 눕혔더니, 새근새근 잠이 들었다.

그런데 문제는 그다음이다. 아내에게 수고했다고 등이라도 한 번 두드려 줄 일이지 어쩌자고 "쏙 빠지니까 시원하지!"라는 말을 했다. 그 말이 얼마나 서운했던지 지금도 가끔 그 말을 하면서 나에게 핀잔을 준다. 그게 경상도 사나이가 웃자고 하는 우시게 소리인데 말이다. 그 말을 용케도 기억했다가 되씹곤 하는데 앞으로 또 얼마나 그 말 때문에 시달릴지 모르겠다. 이렇게 40여 년이나 휴지통을 비우지 않았으니 얼마나 건강에 해롭겠는가 말이다.

사람이 옛날에 연애 시절 좋았던 기억을 추억으로 간직할 수는 있지만, 결혼하고 나서도 첫사랑의 달콤한 추억에서 빠져나오지 못한다면, 그 결혼 생활이 원만할 수 있겠는가 말이다.

미국의 저널에 의하면 부모의 삶이 자식에게 전이(轉移) 된다는 글을 본 적이 있다. 예를 들어 술버릇이 고약한 어버이 밑에서 자란 자녀도 부모를 닮아 술버릇이 고약하게 전이가 된다는 말이다. 부모가 사회생활이 원만하고 부드러우면 자녀의 사회생활도 원만하고 부드럽지만, 그렇지 못하고 지나치게 까다롭거나 몰지각하면 역시 그 자녀도 그것을 닮는다는 것이다. 제가 아는 어떤 사람은 그 아버지 대에서 서로 앙숙처럼 싸우더니, 대물림하여 그 아들들도 서로 만나면 싸우는 것을 보았다.

사람이 행복하려면 과거 아팠던 기억을 빨리 지워 버려야 한다. 지워버린다는 말은 변비와 같은 묶은 것을 배설해야 한다는 말이다. 그리고 그 배설이라는 말은 용서와 통하는 말이다. 왜냐하면, 뒤에 있는 것은 잊어버리고 앞에 있는 푯대를 향하여 나가야 하기 때문이다. 그리고 인간의 두뇌는 아주 야릇하여 일부러 잊으려고 하면 잊히게 마련이다. 우리 모두 휴지통 비우기를 잘해서 건강한 삶을 누렸으면 좋겠다.

G. 횡설수설(橫說竪說)

횡설수설(橫說竪說)

나는 1960년대 중반부터 오토바이를 타기 시작했다. 그 결과로 비교적 일찍 원동기 면허와 1종 보통면허, 1종 대형면허까지 소지하게 되었다.

내가 어렸을 때는 소달구지를 타고 다니기도 했지만, 보통은 걸어서 다녔다. 그러다가 내가 처음 자동차를 탔을 때는 스틱형의 수동식이었다. 파워핸들이 아니어서 운전대를 돌리는 것도 무척 버거웠던 것으로 기억한다. 나중에 파워핸들이 나오더니, 완전 오토매틱에다가 이제는 자율주행 자동차까지 나오는 것을 본다.

그뿐 아니라 요즘 새로 출시되는 핸드폰은 웬만한 카메라보다 렌즈의 화소가 더 좋을 뿐 아니라, 여러 가지 언어를 즉석에서 번역해 주는 등, 다양한 기능이 장착되어 있어 편리하기가 말로 다할 수 없을 지경이다. 공장의 기계도 자동으로 바뀌고 있어서 사람이 설 자리가 점점 좁아지고 있는 현실이다.

그렇지만 문제는 이런 모든 기기가 전기로 작동하는 것이고, 한정된 탄소 연료로 작동되는 것이기 때문에 전기나 탄소 연료가 바닥이 난다면 무용지물이 되고 마는 것이 아닌가 싶다. 물론 과학의 발달로 더 좋은 방법이 나오겠지만 현재로서는 걱정하지 않을 수 없다.

옛날에는 전기나 탄소 연료가 없어도 잘도 살았다. 그러나 지금은 다르다. 만약, 단전(斷電)이라도 된다면 모든 가전제품이 무슨 소용이겠으며, 그 결과가 어떻게 될 것인가는 상상하기조차도 싫어진다. 더 큰 문제는 지나친 의존증이라 하겠다.

전기 의존증을 비롯해 부모 고착(固着), 자동차 고착, 핸드폰 같은 각종 문명이기(文明利器) 고착 등등이다. 오늘날 많은 젊은 이가 서른이 넘어 마흔이 다 되어도 마마보이(mama's boy)로 사는 경우가 많은 것이 현실이다.

그리고 과거엔 모든 삶의 노하우를 머리에 입력시키는 수밖에 없었지만, 요즘엔 기기 의존도가 높아져서 타인의 전화번호는 물론, 자기 아내 전화번호도 잘 기억하지 못하는 지경에 이르고 말았다.

이대로라면 로봇이 밥을 해 주고, 알아서 음식을 먹여주고, 잠 재워 주며, 빨래도 해주고, 아기도 길러주며, 살림살이까지 다 해주는 시대가 오고 말 것이다. 앞으로 로봇 혁명의 여파로 인간의 활동 범위가 점점 더 좁아질 것이 분명하다. 그렇게 된다면 미래의 인간은, 어린이들이 자주 그리는 외계인처럼, 손발은 어린 아기요, 머리는 가분수이며, 배만 볼록한 기형아가 될 것이 아닐까 싶다.

그뿐 아니다. 인구가 차츰 많아지다 보니 집단 분노의 발작으로 입에 담지 못할 각종 범죄가 일어남은 물론, 모두가 배타적(排他的) 인간이 되어 다른 사람을 지배하거나 억압하지 않으면 내가 억압당하고 죽임을 당할 것이라는 강박관념에 사로잡혀있는 것 같다. 공생 공존의 심성은 사라지고 유아독존의 사고가 인간을 지배하고 있어 자꾸만 대량으로 살상 무기를 개발하고 있는 것이라 여겨진다.

어떻든 인간은 지금 그 생활 반경이 점점 좁아지고 있으며, 스스로 무덤을 파고 있다는 생각이다. 만약 인간이 다시 원시 상태로 돌아간다면, 과연 살아남을 수 있을 것인가 하는 생각을 하지 않을 수 없다.

어디서부터 시작해야 할지 막막하긴 하지만, 가장 시급한 것은 위에서 언급한 대로 이런 모든 고착 증을 조금씩 떨쳐 나가는 연습을 해야 할 것 같다. 이렇게 말하면 "걱정도 팔자"라고 하실 분도 있겠고, "내일 걱정 내일 하라"고 하실 분도 있겠지만, 내가 자꾸만 바보가 되어간다는 생각에 한숨만 나올 뿐이다.

살림 문화와 죽임 문화

우리는 알게 모르게 "살림살이"라는 말을 많이 사용하고 있다. 내가 어릴 적에 귀 너머로 들은 노랫가락 중에도 "나물 먹고 물 마시고 팔을 베고 누웠으니 대장부 살림살이 이만하면 넉넉하지."라는 노랫말이 있었다.

여기 "살림살이"란 말의 '살림'이라는 말은, 원래는 산림(山林)에서 나왔다고 하고, 산림(產林)이라고 쓰기도 하는데, 이 산림은 사찰(寺刹)의 재산을 관리하는 일을 말할 뿐만 아니라, 인접해 있는 산림(山林)까지 관리하였다는 것이다. 그 관리를 잘못하여 산불이라도 나는 날에는 큰일이기 때문이다. 그 말이 일반화하여 여염집의 재산을 관리하고 생활을 다잡는 일까지를 포함해서 '살림'이라고 하였다는 것이다.

우리는 "아무개는 살림살이를 잘한다, 아니면 살림살이를 잘못한다"라는 말을 하거나, "여자가 집에서 살림살이나 하지!" 하는 말들을 자주 듣는데, 그 "살림살이"라는 말의 본래적 의미를 안다면, 그렇게 낮추어 말하거나, "살림을 차려서 꾸려 간다."라는 뜻으로만 단순하게 사용해서는 안 되는 말이라는 것을 깨닫게 될 것이다. 나는 이 "살림"이라는 말은 "…을 살린다"는 말에 기원을 두고 있는 것이라 여기기 때문이다.

반세기 전만 하더라도 보릿고개를 넘기려면 생사를 걸어야 했다. 봄이 되면 먹을 것이 없어서 초근목피로 연명해야 했다. 그땐 특히 여인들이 살림살이를 규모 있게 하지 않으면 집안이 패가망신(敗家亡身)하거나, 살림이 거덜 나고 마는 경우가 허다했다. 그런데 요즘은 세상이 편리해져서 살림살이가 옛날에 비하면 얼마나 좋아졌는지 모르겠다. 의술의 발달과 좋은 약, 그리고 모든 입성이나 먹거리가 넘쳐나서 걱정이 없는 세상이 되고 말았다. 우리 집에도 냉장고가 서너 개고, TV도 두어 개, 에어컨, 전기밥솥, 전자레인지, 컴퓨터에다가 청소기 등 불편함이 없다.

요즘 내 코가 석 자라서 다른 사람을 살리는 "살림"을 제대로 하지 못하지만, 내 생애 전부가 다른 사람을 살리기 위한 삶(목회)이었고, 지금도 나와 남을 살리기 위해 최선을 다하여 글을 쓰고 있다.

예를 든다면 일어나자마자 스트레칭을 해서 내 몸 살리기를 하고, 제때 식사 챙겨 먹기, 산책, 그리고 취미생활을 하는 등. 내 딴에는 열심히 자기 살리기를 하고 있다.

그뿐만 아니다. 글을 써서 내 경험을 다른 사람과 공유한다거나, 아니면 전화 상담으로 성서 풀이를 해주는 일들을 하면서 남을 살리려는 "살림"의 노력을 하고 있다.

그런데 문제는 죽임 문화가 날마다 팽창하고 있다는 사실이다. 우리나라 술 소비량이 세계 최고라고 하고, 흡연인구도 줄지 않고 있다. 그뿐만 아니라, 남녀 간의 정조 관념의 해이라든지, 마약, 그리고 인터넷 도박 등이 우후죽순처럼 번져나가고 있다는 사실은 죽임 문화가 팽배하고 있음을 보여주는 예라 할 수 있겠다.

이 같은 행위는 먼저 자기 자신을 죽이는 것이기도 하지만, 결과적으로는 상대방을 죽이고, 더 나아가 다른 일반 대중을 죽이는 것이며, 인간 공동체를 파괴하고 죽이는 결과를 초래하는 것이니 이게 바로 죽임 문화가 아니고 무엇이겠는가?

요즘 코로나 펜더믹으로 말미암아 전 세계가 불안과 공포에 떨고 있는데, 어떤 개인이나 집단들이 방역수칙을 지키지 않으므로 코로나를 확산시켜 많은 사람에게 고통을 안겨 준 사례는 부끄럽기 짝이 없는 노릇이다.

우리 크리스천은 자기가 선 자리에서 자기 "살림"을 잘해야겠지만, '남을 살리는 살림'을 잘 감당하지 않으면 안 된다. 아침 햇살이 어둠을 밀어내듯 우리 사회 전반에 퍼져있는 "죽임 문화"를 삶의 모범으로 걷어내고, "살림 문화"를 창달(暢達)시키는 일에 최선의 노력을 다해야 할 것이라 여긴다.

균들과의 전쟁

세상에는 여러 가지 균들이 있다. 특별히 유해 세균으로는 음식물이나 피복류를 부패시키는 세균, 사람이나 동식물에 기생하거나 독소를 생산하여 질병을 일으키는 병원 세균 등이 있다. 이런 각종 세균 때문에 전 국민이 많은 고생을 하고 있으며, 경제적으로도 큰 손실을 보고 있다.

물론 나쁜 균이라고 해도 인간 세상이나 우리 몸에 기여(寄與)하는 바가 없지는 않다. 세균은 가정하수, 쓰레기, 공장 폐수나 농산 폐기물 등을 분해하여 자연을 정화할 뿐만 아니라, 자연의 물질 순환을 일으켜 다른 생물이 이들을 재이용할 수 있게 함으로써, 인류에게 이익을 주고 있기 때문이다.

인류가 유익하게 이용하는 세균으로는 알콜 발효 세균, 식초산 세균, 김치, 야쿠르트 등의 젖산 세균, 스트렙토마이신이나 클로람페니콜 등의 항생물질 생산에 방선균(放線菌), 조미료인 글루탐산을 생산하는 세균 등이 있다. 이렇게 균체를 크게 나누면 모든 것을 썩게 만드는 곰팡이도 있고, 아주 좋게 변화시키는 유산균도 있다.

어떻든 우리는 나쁜 세균이라 할 수 있는 곰팡이의 활동 결과를 부패라 하고, 인간에게 유익한 유산균의 활동 결과를 발효라고 하며 익는다는 표현을 쓴다.

술을 빚을 때나 아니면 된장을 담글 때 좋은 누룩이 들어가면, 그 술이나 된장 같은 음식을 맛이 있고 유익하게 발효시켜 주지만, 나쁜 균이 들어가면 결국 부패시켜서 썩어 못쓰게 만들고 마는 것이다.

이같이 이 세상에도 모든 것을 썩게 하는 곰팡이 같은 역할을 하는 악(惡)이 있는가 하면, 유산균 같이 아름답게 변화시키거나 사랑스럽게 하고, 살맛이 나게 하는 선(善)이라는 것이 존재하는 것이다.

곰팡이 균과 같은 악에서 나오는 것은 미움과 불평, 불만, 그리고 시기 질투, 원망 중상모략과 같은 독소가 배출되지만, 유산균과 같은 선(善)에서는 사랑과 감사, 용서와 이해, 평화 공존의 온후(溫厚)함이 배출되는 것이다.

언젠가 한 번 우리 한반도에 강력한 태풍이 올라오고 있다는 기상대 예보가 있었다. 그런데 예보와는 달리 바람만 조금 불었을 뿐, 조금도 피해가 없었던 때가 있었다. 그 후 기상대에서 하는 말이 우리나라에 북태평양 고기압이 크게 자리하고 있어서 저기압인 태풍이 올라오지 못하고, 우리나라에 영향을 미치지 못했다는 보도를 하는 것을 보았다. 물론 그 반대도 있을 것이지마는, 어느 세력이 더 강하냐에 따라 기후도 바뀔 뿐만 아니라 세계의 역사가 바뀌기도 하는 것이다.

우리나라의 근대사를 보더라도 김일성이 가진 공산주의라는 좋지 못한 사상균에 오염된 결과는 지금 피폐한 이북과 같은 결과를 초래하고 만 것이 아닌가 싶다. 그리고 히틀러나 무솔리니, 그리고 일본의 동조 같은 사람들이 얼마나 우리 인류에게 해악을 끼쳤는가 말이다.

그 외에도 많은 나쁜 균이 있는데 한탕주의, 허무주의, 비관주의, 향락주의, 지독한 현실주의 등등은 우리 인류를 좀먹게 하는 부패균들이라 하겠다. 단적으로 우리 인간 역사는 선과 악의 싸움이다. 그 싸움에서 우리는 과연 어느 편에 설 것인가? 그 선택은 우리의 몫이다.

그러면 과연 나는 어떤 존재인가를 알아보는 것 또한 중요하다. 과연 나는 인류와 역사 앞에 부끄럽지 않은 유산균과 같은 존재인가? 아니면 인간의 마음과 가정, 그리고 사회를 부패하게 만드는 부패균 같은 존재인가를 한 번 살펴보아야 할 것이다.

우리 모두 사랑과 관용, 감사와 상호 믿음을 산출하는 유산균 같은 존재가 되어 이 사회를 아름답고 살맛 나게 숙성시켜가는 삶이기를 간절히 소망해 본다.

균들과의 전쟁

강아지풀의 외침

요즘 더위가 기승을 부린다. 열대야 현상으로 밤잠을 설치기 일쑤다. 그런저런 핑계로 늦잠을 자느라 아침 산책을 하지 못하고 느지막한 오후에 산책을 나섰다.

표고가 약 300m 정도 될까 말까 한 앞산에 편도 1.6㎞ 정도 되는 임도가 잘 나 있어서 자주 오르는 코스다. 별로 찾는 사람이 없어 나 혼자만의 산책로가 되었다.

산책로 대부분은 나무 그늘이어서 시원하고 산모롱이를 돌 때마다 솔향을 품은 바람이 땀을 씻어 주는 곳이다.

임도를 걷노라면 여기저기서 까마귀 소리가 많이 들린다. 오래전이지마는 까마귀가 정력에 좋다는 소문이 나는 바람에 까마귀 소리를 듣기가 어려웠는데, 아마도 별 효험을 보지 못한 탓인지 요즈음은 까마귀를 많이 볼 수가 있다. 길가에선 멧비둘기 부부가 사랑의 단꿈을 꾸다가 화들짝 놀라 날아가기도 하고, 이름 모를 산새들이 지저귀고 풀벌레 소리도 들린다.

임도 변(邊)에 사방공사를 하면서 뿌려놓은 풀씨에 강아지풀씨를 함께 뿌렸는지 여기저기에 강아지풀이 무성하다. 강아지풀이 요즘 눈에 잘 띄는 것은 이제 막 출수(出穗)하여 수정을 마친 씨앗이 영글어 가고 있기 때문이다.

강아지풀은 볏과로서 외떡잎식물이다. "구미초"(狗尾草) 즉 "개 꼬리풀"이라고도 부르고, "자주 강아지풀" 또는 "제주 개비" 등등으로 불리기도 한다. 그리고 출수한 이삭의 색깔이 푸른 것은 "갯강아지풀"이라 하고, 노란 금색을 띠는 것은 "금강아지풀"이라고 부른다.

우리가 어린 시절에는 장난감이 별로 없었던 시절이라, 금강아지풀을 만나면 그 이삭을 따서 손바닥에 올려놓고 워리워리, 오요요요하고 부르면서 흔들면 졸랑졸랑 꼬리를 흔들며 앞으로 달려오는 꼴이 우습기도 하고 신기하기도 했다.

또 그 이삭을 반쯤 쪼개서 코밑에 끼우고 에헴에헴 소리를 내며 코쟁이 노릇을 하면서 거드름을 피우기도 하고, 장난삼아 친구의 옷 속에 집어넣으면 자꾸만 안으로 파고 들어가 간지러워하는 친구를 보고 깔깔대던 때가 어저께 같은데 세월이 무상하다. 그때 그 친구를 다 어디로 가서 무엇을 하고 있을까? 하는 상념에 젖는다.

그리고 우리가 어린 시절은 절대빈곤의 시절인지라 잘 익은 강아지풀 이삭을 따다가 절구에 찧어 좁쌀이나 다른 알곡에 섞어 밥이나 떡을 해 먹기도 했었다. 그때 일을 생각하며 사색에 젖어 있는 이 늙은이 귀에 강아지풀의 외침이 들린다.

여기저기 온 들판에 / 강아지풀 이삭들이 / 살랑살랑 꼬리를 흔들며 / 외치는 소리 바람결에 퍼진다.

잘 익은 강아지풀 / 그 이삭 뜯어다가 / 좁쌀이나 기장에 섞어 / 밥이나 떡을 해 먹었던 / 보릿고개 시절도 있었는데…

지나치게 풍요로워지고 / 소비문화가 극에 달한 오늘 / 흔전만전 우리네 삶을 / 꾸짖는 꾸지람일 거다.

* 기장 : 볏과의 한해살이풀로 나서(穄黍)라고 하는데, 수수와 비슷한 곡류이다. 열매는 밥·떡·술·빵·과자 따위의 원료나 가축 사료로 쓰였다.

오방살(五方煞) 제살(청록살)

무속에서는 흔히 오방살(五方煞)이란 말을 자주 하곤 한다. 여기서 살(煞)이란 사물에 해로운 빌미가 되는 독하고 모진 기운을 말하는데, 이렇게 사람을 해치거나 물건을 깨뜨리는 독하고 모진 기운을 살(煞)이라 하고, 모두 악귀의 짓으로 보곤 했다.

그래서 옛사람들은 조금 어려운 지경에 처하면 사주팔자로 돌리거나, 살이 끼었기 때문이라고 하여, 자기 책임을 회피했던 것으로 보인다. 그래서 초상집이나 혼인집에 갔다가 갑자기 탈이 나면, 자기의 실수나 잘못을 찾기보다는, 살을 맞았다고 하였고, 형제간에도 띠앗(형제자매 간에 서로 위하는 마음)이 생기면, 띠앗 머리 없게 하는 기운, 즉 살이 붙었다고 하면서 책임을 귀신의 탓으로 돌렸었다.

그러나 이런 살(煞)들도 양자 물리학 즉 퀀텀 피직스(Quantum physics) 입장에서는 우주적 양자 파동현상이라고 주장하는 사람도 있다. 다시 말하면 우주의 사나운 기운(毒氣)이 그 사람의 운명(사주)에 영향을 미치고 친족 사이의 사나운 띠앗을 일궈 내는 것이 살(煞)이라고 보기도 한다.

옛사람들이 말하는 오방살(五方煞)의 첫째가 청록살(靑綠煞)인데, 부모를 죽이는 살을 말함이요, 둘째가 공방살(空房殺)인데 남편을 못 거드는 살이며, 셋째가 역마살(驛馬煞)인데, 평생 떠돌이 신세가 되는 살이요, 넷째가 도화살(桃花煞)인데 끊임없이 바람을 피우는 살이며, 다섯째가 역살(疫煞)로 나쁜 병으로 고생하다가 죽는 살을 말하는 것이다.

그러고 보면 현대인은 어떤 의미에서 모두 오방살이 끼어 있다고 해도 과언이 아닐 것 같기도 하다. 그래서 오늘 현대인들이 걸린 오방살(五方煞)을 하나하나 살펴보면서 우리의 현실을 진단하고자 한다.

그 첫 번째로 부모를 죽게 하는 청록살(靑綠煞)이다. 물론 이 말은 아기가 태어날 때 산모가 난산으로 죽는 경우를 두고 하는 말이다. 그러나 요즘에는 병원에서 출산하기 때문에 그런 일은 별로 없지만, 이 땅에는 다른 형태의 청록살이 낀 사람들이 많아져서 부모를 못살게 하는 경우가 얼마나 많은지 모른다. 그 범위가 넓어져 여러 가지 방법으로 부모를 모해(謀害)하는 경우도 있다.

요즘 처녀들이 결혼의 전제(前提) 조건으로 장남이 아니어야 한다는 것이다. 왜냐하면, 부모를 모시지 않기 위해서이다. 부모를 모시는 것이 쉬운 일은 아니겠지만, 그래도 너무 하는 것 아닌가 싶다. 자기들은 부모도 안 되고 늙지도 않는다는 말인가?

그뿐이 아니다. 현대판 청록살은 늙은 부모님에게 효도 관광을 시켜준답시고 섬 지방이나, 아주 생소한 곳에 가서 그대로 버리고 도망치기도 하고, 양로원이나 요양원 같은 곳에 내팽개치고, 해가 바뀌어도 돌아보지도 않는 사람도 있다니 이 어찌 현대판 고려장이 아니겠는가?

현대인들에게 끼어 있는 이 청록살을 떼어내고 살풀이를 해 줄 용한 무당이 있었으면 좋겠다. 내 생각으로 그 용한 무당은 법을 만드는 국회의원을 비롯한 정치가들이 아닐까 하는 생각을 지울 수 없다. 그래서 국민의 세금으로 국회의사당이란 판을 만들어 주고, 거기서 용한 약을 만들어 오방살(五方煞)이 이 땅에 만연하지 않도록 해주기를 바랐건만, 살풀이는 고사하고 개판을 만들고 있는 것 같아 안타깝기만 하다.

정부 요인들을 비롯한 모든 정치인이 법과 제도를 잘 마련할 뿐만 아니라, 우리 사회 구성원들도 대오각성(大悟覺醒)하여, 남들이 하면 범죄이고 내가 하면 로멘스라고 생각하는 사고에서 벗어나, 다시는 이런 살(煞)들이 우리 사회에서 날뛰지 않게 하였으면 하는 간절한 소망을 가져본다.

오방살 중 제2살(공방살)

오방살 중 그 두 번째로 공방살(空房煞)에 대하여 생각해 보기로 하자. 공방살이란 여인이 남편을 여의거나, 아니면 남편이 바람을 피워 홀로 사는 것을 말한다.

옛날에는 여인이 홀로 사는 것도 살이 끼어 그렇다고 생각했지만, 요즘 여인들의 현대판 공방살은 우려할 지경에 이르고 말았다. 아예 결혼을 포기한 젊은 세대들이 많아 3~40세가 넘도록 홀로 사는 이들이 얼마나 많은가 말이다.

그리고 결혼을 했다고 해도 요즘 직장 생활이 얼마나 벅찬 노동인가? 그래서 남편들은 스트레스를 푼다는 명목으로 골프니, 등산이니, 낚시니, 오락이나 도박에 빠져 밖으로 돌아치기 일쑤이다. 그래서 주부들이 불평하기를 "내가 집 지키는 사람인가?" "애 보는 사람인가?" "파출부인가?" 하면서 불평을 토로하는 사람들이 많다는 것이다. 주부들이 아파트에만 갇혀 살다 보니 그런 불평을 할 만도 하다는 생각도 든다. 그래서 여인들도 공방만 지키고 있을 수 없다는 생각에 밖으로 나돌다 보니 가정이 풍비

박산(風飛雹散)이 되는 경우가 없지 않은 듯하다.

남편이 바람을 피운다고 아내도 맞바람을 피우고, 남편이 도박한다고 아내들도 도박하고, 이런저런 모임이나 묻지 마 여행을 하는 이들도 없지 않다는 것이다.

요즘 주부 중에도 상상을 초월하는 많은 주부가 남편 따로, 애인 따로라 하니 중치가 막히지 않을 수 없다. 이러다 보니 남편은 남편대로 아내는 아내대로 공방을 지키기 일쑤인 것 같다. 이 어찌 공방살이 아니고 무엇이란 말인가?

그리고 아이들도 아침에 눈을 뜨자마자 도시락을 두세 개씩 싸들고 학교나 학원을 전전하다가 밤중이 되어서야 돌아온다. 그리고 왠지는 모르나 모두 혼자 있는 것을 좋아한다. 철이 들었다 하면 자기 방에 들어가 문을 잠그는 방콕(방에 콕 틀어박힌다는 은어이다.)이니, 여인들만 그런 것이 아니라, 요즘 젊은이들도 공방살이 낀듯하다. 현대인들에게 자기만의 공간이 필요한 것은 사실이지만, 너무나도 그 도가 지나친다는 생각을 지울 수가 없다.

어디를 가나 독서실을 비롯하여 노래방이 없는 동네가 없지 않은가? 대학가에 비디오방이라는 게 생겨나더니, 이젠 전화방, 수면 방, 편의 방, 빨래방, 산소 방, 소주방, 찜질방, 키스방까지 무슨 놈의 방(房)이 그리도 많은지 모르겠다.

큰 의미에서는 아파트도 하나의 방이다. 처음 아파트가 생겼을 때 많은 사람이 닭장이라고 불렀다. 오늘의 아파트라는 주거환경이 가족과 이웃 간의 대화 단절에 이바지했다고 보인다. 각자의 방에 들어가 각자의 삶을 살아가게 되어있으므로, 가족 공동체의 해체 현상이 일어나고 있어서 따지고 보면 아파트는 대가족 제도의 해체를 선언한 것이라 하겠다.

잠만 자고 밖으로 나가는데 합숙소요, 여관이요, 식당이지, 여기가 어찌 가정이란 말인가? 더는 가정이라 할 수가 없을 지경이다. 가정이란 것은 하나님이 주신 가장 귀한 선물인데, 이 귀한 공동체가 산산이 부서지고 있는 현실이 안타깝다.

일찍이 함석헌 옹이 "방은 우리를 보호하기도 하지만, 또 우리를 음산한 꿈속에 가두어 두기도 한다."고 말했듯이, 방 안의 생활은 언제든지 외부에 대하여서는 닫힌 비밀이다. 그래서 찾아오는 것이 있는데, 그것이 우울증, 조울증 같은 음침한 손님들이 찾아오는 것이다. 답답한 현실을 견디다 못해 주부들이 우울증을 앓거나 투신을 하는 경우까지 생기는 것이다.

그리고 요즘 조기교육 바람이 불어 자녀와 함께 아내를 외국에 보낸 기러기 아빠들도 많은 것 같다. 이런 경우는 아내는 아내대로 공방이지만 남편도 남편대로 공방이긴 마찬가지이다.

공방살이 낀 현대인들을 치료할 묘약이라도 발명해야 할 시점에 이르렀다고 하겠다. 어서 속히 현대판 공방 살(空房煞)에서 해방되어 참 가정다운 가정을 이루고, 국가의 백년대계(百年大計)를 완성할 수 있는 비약(秘藥)이 나오기를 학수고대해 본다.

오방살 중 제3살(역마살)

오늘은 오방살 중 제3살인 역마살(驛馬煞)에 대하여 생각해 보기로 하자. 역마살(驛馬煞)이란 옛날 역마(驛馬)처럼 끊임없이 밖으로 돌아치는 사람, 동분서주(東奔西走)하기에 바쁜 사람을 두고 역마살이 끼었다고 한다. 옛날에는 두 발로 걸어 다니던 시절이라 한양을 가더라도 보통은 한 달도 넘게 걸리던 시절이니 기다리는 사람은 답답한 나머지 역마살이 끼었나! 하고 탄식을 했을 것 같다.

그러나 과거와 달리 현대인들은 모두가 역마살이 끼었다고 해도 과언은 아닐 것이다. 교통통신망의 발달로 동에 번쩍 서에 번쩍 동분서주하지 않는 사람이 어디에 있으며, 이곳저곳을 다니지 않는 사람이 어디 있는가 말이다. 눈알만 생겼다 하면 밖으로 나가는 세상이니 말해 무엇하겠는가? 요즘 젊은이치고 가출이라는 것을 안 해 본 사람이 있다면 아마 명물이거나 골동품일 것이다. 부모가 자녀에게 전화할 때도 제일 먼저 묻는 말이 "너 어디야"라고 하지 않는가 말이다.

성경 창세기를 보면 "선을 행치 아니하면 죄가 문에 엎드린다."는 말씀이 있는데, 현대인들이 선을 행치 아니해서인지는 모르나, 문 앞에 자동차라는 것이 항상 엎드리고 있다. 뜰 아래 납작 엎드려 이제나저제나 주인 오기만 기다리다가, 주인이 조그마한 불쏘시개로 그 심장에 불을 지피면, 제 몸뚱이 망가지는 것도 아랑곳하지 않고 주인의 뜻대로 달려간다. 눈보라 비바람 몰아쳐도, 비포장 사갈길 험해도 주인이 가자는 대로 달리지 않는가?

사통오달(四通五達) 아니 팔통구달(八通九達)로 뚫린 고속도로는 몇 시간 내로 어떤 목적지이든 간에 도착하게 해 준다. 좁은 땅덩어리에 생기는 거는 도로다. 이렇게 도로는 하루가 멀다고 생겨나도 얼마만 지나면 그 도로들이 차들로 만원사례(滿員謝禮)를 이룬다. 어디를 가도 놀고, 먹고, 자고, 즐기는 곳뿐이니 이를 어쩌면 좋다는 말인가! 그뿐 아니다. 산에 가도 사람들로 만원이고 바다를 가도 사람들로 만원이다.

그리고 명절이나 연휴, 또는 휴가철이 되면 민족 대이동이 시작된다. 어떤 피서지는 100만 인파가 붐빈다고 하니 역마살도 이만저만이 아닌 듯하다. 그래서 여름휴가 시즌이나 연휴에 집안에 박혀 있는 사람은 병신 취급을 당한다. 텐트 하나만 짊어지면 어디든 갈 수 있고, 이제는 외국까지도 무사통과가 아닌가. 기름 한 방울 나지 않는 이 나라에 나 같은 늙은이마저 차를 가지고 있으니, 도로에 차가 넘칠 수밖에 더 있겠는가마는 이 일을 도대체 어쩌면 좋을지 필자도 막막하기만 하다.

외국엘 나가보면 유럽 선진국일수록 소형차들이 많은데, 우리나라는 소형차보다 대형차들이 더 많아 보인다. 크고 좋은 차를 타면 대우받던 시절의 사고가 아직도 남아 있어 그런 것 같아서 안타깝기 짝이 없다. 그리고 요즘에는 도로에 외제 차들이 너무 많은 걸 보면 우리 한국이 참 잘 사는구나! 라는 생각을 지울 수가 없다.

거두절미하고 현대인은 역마살이 끼었다. 오방살이 다 끝나면 내 나름대로 살풀이를 해 보려고 준비 중이지만, 얼마나 효과가 있을지 의문이 아닐 수 없다. 어서 속히 오방살을 치료해줄 비방이나 사람이 나왔으면 좋으련만 지금으로써는 막막하기만 하여 한숨이 절로 나온다.

오방살 중 제4살(도화살)

또 하나의 무시 못 할 살(煞)이 하나 있는데 도화살(桃花煞)이다. 도화살(桃花煞)의 도화(桃花)란 복숭아꽃을 말하는데, 옛날에는 아녀자의 얼굴에 홍조가 많으면 끼가 많고, 단정하지 못한 여성으로 여겼다. 여자가 얼굴에 홍조를 띠면 음기가 강하여 일부종신을(一夫終身) 하지 못한다는 말이 있었으나, 꼭 그런 것은 아닌 듯하다. 옛말에는 "남자는 검어야 하고 여자는 붉어야 좋다"는 말이 있으니 말이다.

다시 말하면 남자가 끊임없이 바람을 피우거나, 여인이 욕정을 이기지 못하여 거리의 꽃이 되는 것을 두고 도화살(桃花煞)이 끼었다고 했다.

과거엔 남녀 간에 한 번 정분이 나려면 몇 달 혹은 몇 년이 걸리기도 했다. 그래서 정분이 나기도 어렵고, 한번 정분이 나면 온 동리에 톱뉴스가 되곤 했다. 그러나 요즘은 달라졌다. 이제는 남녀가 정분을 나누기 위해서는 몇 분이면 가능해지지 않는가 말이다. 전화 한 통화면 얼마든지 정분이 나는 시대이다.

그리고 요즘 어린 학생들까지 원조 교제를 한다고 하는데, 원조(援助)라는 말은 물품이나 돈 따위로 도와주는 것을 말한다고 한다. 돈깨나 있는 남정네들이 돈으로 어린 딸 같은 학생까지 정욕의 제물로 삼는 것인데 격분을 금할 수 없다.

그리고 요즘 젊은이들이 공공연하게 연애를 몇 번 했다고 자랑을 하고 있는데, 그 상대가 얼마나 자주 바뀌는지 모른다. 그래서 50일, 100일 등을 기념일로 정하고 선물을 주고받기까지 한다는 것이 아닌가?

그뿐 아니다. 요즘 남편이 있는 주부들도 남편 외에 애인이 따로 있는 경우가 많다니 이 무슨 조화란 말이며, 이게 무슨 망조(亡兆)라는 말인가. 신문에 보도된 일이지만 거리의 여인 10명의 중에 6~7명이 주부였다는 사실이 그것을 증명한다.

아무나 컴퓨터나 스마트폰 하나면 너무도 쉽게 음란물에 접속할 수 있고, 얼마든지 야동을 접할 수 있으니 앞으로 우리 사회가 어디로 흘러갈 것인가가 심히 걱정되지 않을 수 없다. 키스방, 불륜 안마시술소, 퇴폐이발소, 각종 카바레, 술집 등 불륜을 조장하는 장소들이 우후죽순이다.

몇 년 전에 성지 순례 차 이스라엘을 다녀왔다. 그곳에는 저녁이 되면 갈 곳이 없다고 한다. 요즘은 차츰 한두 개씩 생긴다고는 하나, 술집도 다방도 보이지 않았고, 그 어떤 유흥장소도 보이지 않았다. 그래서 남편들은 퇴근하자마자 집으로 직행하여 아이들과 함께 경전을 공부한다는 것이다.

반면 우리나라 국민은 야행성이 되어 가고 있다. 어른들이 밤을 낮 삼아 1차 2차 3차까지 하고 나면 새벽 두세 시가 넘는다. 그러니 아이들도 야심할 때까지 도무지 잠을 안 잔다. 그러다가 늦게 잠을 자니 아침에는 일어나기가 어려워 아이들 깨우는 것이 얼마나 성가신지 모른다. 이것이 오늘 현대인들의 모습이다.

이제 불륜의 정서는 끝 간 데를 모르고 치닫고 있다. 소돔과 고모라가 이랬을까 하는 생각이 들기도 한다. 우리나라도 길거리에서나 기타 공공장소에서 진한 애정행각을 벌이는 남녀를 자주 보곤 한다. 옛날 같으면 장죽으로 머리통이라도 갈기겠지만 이젠 그냥 눈을 감아 버린다. 정조라든가 동정을 이야기하는 사람은 구시대 유물로 취급될 뿐만 아니라, 예(禮)라고는 모르는 젊은이들에게 무슨 봉변을 당할지 몰라서이다.

性은 이제 더는 生殖 手段이 아니라 향락 수단이 되고 말았다. 이제 사회 전체가 지독한 도화살(桃花煞)이 끼었다. 병을 진단만 하고 치료 방법을 모르는 의사와 같고, 브레이크가 고장 난 자동차 같아서 이 일을 어쩌면 좋을지 필자도 암담하기만 하다.

오방살 중 제5살(역살)

지금까지 네 차례에 걸쳐 오방살 중 청록살, 공방살, 역마살, 도화살까지 생각해 보았다. 오늘은 마지막으로 역살(疫煞)에 대하여 생각해 보자.

역살(疫煞)이라는 말은 역귀(疫鬼)가 붙어 염병이나 전염병(傳染病)에 감염되어 고생하는 것을 말한다. 옛날에는 교통수단이 발달하지 않았고, 일평생 나고 자란 자기 마을을 벗어나 보지못하고 죽는 사람이 많았기 때문에, 전염병도 전이가 그리 빠르지는 않았다. 그러나 요즘에는 독감을 비롯한 이름도 모르는 역병들이 얼마나 급속하게 퍼지는지 모른다.

우리나라도 전염병으로 자주 대란을 겪었지만, 지난 2015년 6월에 메르스 대유행을 겪을 때 얼마나 많은 사람이 두려워했고 간을 조렸는지 모른다. 그리고 세계적으로 유행하는 코로나도 아직 끝나지 않아 대인관계까지 서먹하여 서로 악수를 하거나 접촉하는 것까지 꺼리지 않을 수 없는 현실이다.

또 전 세계가 항생제 내성으로 말미암은 슈퍼박테리아는 심각하게 인류를 위협하고 있다. 이런 슈퍼박테리아와 변종 독감들이 세계 곳곳에서 발생하는가 하면, 이타이이타이병과 하나님의 저주라 불리는 에이즈(AIDS,후천성면역결핍증)도 흑사병처럼 번지고 있으며, 각종 암이 우리 사회의 큰 문제가 되고 있다. 그 외에도 이름 모를 병들이 날마다 확산하고 있어 우리를 불안하게 하고 있다.

그뿐만 아니라, 수천의 환경오염업체에서 마구잡이로 방류하는 오염 폐수로 인하여 하천과 바다가 오염되고, 거기다가 일본의 핵 오염수 바다 방류로 전 세계 해산물을 병들게 하고 있다. 그것을 먹는 인간은 원인도 모르는 각종 공해병으로 시들어 가다가 병들어 죽어갈 것은 불을 보듯 뻔한 일 아니겠는가?

그러나 물(水)이야 선택의 여지라도 있지만, 공기는 선택의 여지가 없다. 수많은 공장에서 마구 뿜어대는 연기에 천만 대가 넘는 자동차들의 배기가스, 기타 여러 가지 다른 오염으로 말미암아 공기는 날마다 찌들어 가고 있다. 거기다가 중국의 대기 오염이 우리나라의 턱밑까지 미쳐 숨쉬기가 어려워지고 있으며, 특히 우리나라는 도로니, 무슨 개발이니, 별장이니, 위락시설이니 하면서 산림 훼손이 극에 달하고 있다.

히말라야 정상에서 신선한 공기를 압축하여다가 팔아먹는 현대판 봉이 김선달이 있다고는 하지만, 어찌 그 공기만 마시고 살 수 있단 말인가? 하늘이 뿌옇게 변하여 별을 볼 수가 없고, 해는 대기 중의 오염물질로 인하여 그 빛을 잃어가고 있다. 오존층에 구멍이 뚫려 온실효과가 나타나 지구의 온도는 날마다 높아만 가고 있으니 각종 대형 천재지변이 일어나고 있다. 이젠 더는 돌출구를 찾을 도리가 없다. 인간을 비롯한 모든 동, 식물들이 공기가 부족한 금붕어와 같이 입을 벙긋거리고, 마스크를 써야 외출이 두려운 실정에 도달하고 말았다.

그 외에도 영적으로나 정신적으로 병균보다 더 무서운 악질(惡疾)들이 많은데, 물질만능주의, 권력 제일주의, 쾌락주의, 한탕주의, 자기도취, 이기주의라는 병균들이 현대인을 병들게 하고 있어 인간성 상실로 인하여 인류가 차츰 미쳐가고 있다고 해도 과언이 아닐 것이다. 이게 옛사람들이 말한 역살(疫煞)이 아니고 무엇이겠는가?

이제는 인류의 대도(大道)라고 여겨왔던 도덕(道德)이나, 교육, 그리고 정치, 종교마저도 대안을 내놓지 못하고 손을 놓고 있으니 안타깝기만 하다. 다음번에 내 나름대로 살풀이를 해 볼 요량이다. 그 효력은 두고 볼 일이지만 기대하시라.

오방살(五方煞)의 살풀이

내가 어릴 때는 여름철만 되면 경상도 사투리로 초학(瘧疾)이라고 부르는 말라리아가 유행이었다. 멀쩡하다가도 오후가 되면 어슬어슬 춥기 시작하다가 밤새도록 그야말로 똥이 끓도록 앓는다. 그러다가 그다음 날이 되면 괜찮다가도 다음 날 또다시 반복하는 병이 말라리아다. 나중에 몸이 쇠약해지면 하루를 띄우는

"날 걸이"가 아니라 매일 앓기도 한다.

당시로써는 키니네라는 약이 있었지만, 서민들은 그림의 떡이었다. 미군들을 통해서 더러 얻어서 먹으면, 사람 피부까지 노랗고, 하늘도 노랗고 땅도 노랗게 보인다.

우리 할머니는 말라리아를 앓는 나를 데리고 달님에게 자주자주 빌었다. 그러나 아무 효험을 보지 못했다는 것은 여러분들도 짐작하실 것이다. 그래서 어떤 때는 극약 처방을 하기도 하셨는데, 그 극약 처방이란 사람이 아직 일어나기 전 꼭두새벽에 나를 데리고 다리 밑으로 가서, 다리 밑을 개처럼 기어다니도록 명령하신다. 그리고는 몰래 숨어 계시다가 "이놈의 개"라고 벼락같은 고함을 지르신다. 할머니는 사람이 많이 놀라면 초학이라고 하는 역살(疫煞)이 뚝 떨어진다고 생각하신 것이다. 그래서 옛말에 "초학을 뗐다."는 말이 나온 것이라 여긴다.

이런저런 방법을 다해 보지만 초학은 떨어지지 않았고, 손자를 잃을 지경에 이르자 최후의 방법으로 굿을 하시는 것이다. 소위 말하는 살풀이굿 말이다. 우리 집에서 살풀이굿을 하는 광경을 자주 보았는데, 그 경험을 살려 종합적인 살풀이를 한번 해 보려고 한다. (물론 이 살풀이는 내가 열두 살 때 이미 교회에 나가고 있었기 때문에 매우 주관적이라는 것을 밝혀 둔다.)

병든 나를 방안에 뉘어 놓고 무당은 물 한 바가지에 밥 세 숟가락을 풀어 왼손에 들고, 오른손에는 부엌칼을 든 채 내게 다가온다. 그 칼끝으로 내 머리를 빗어 바가지에 담는 시늉을 한다. 그리고는 밖으로 나가 방문 앞에 선다.

그다음 주문을 외기를 "김산(경북 김천을 그렇게 불렀다.) 읍내 삼락이라는 동네에 백씨 문중 둘째 아들 낙원이가 병들었소이다. 삼신님이여! 살피소서. 이 가문에 낀 청록살, 공방살, 역마살, 도화살, 역살 등, 오방살을 모조리 물리쳐 주사이다."라고 주문을 계속 외이면서 두 손이 닳도록 빈다.

몇 번이고 빌기를 계속한 다음 칼로 옛날 방문 창살에 십자가를 그리며 계속 같은 주문을 외운다. 그다음으로는 대문간을 지나 거리로 나간다. 갈림길까지 가서 그 바가지의 밥을 길에 쏟으며 "헛세! 헛세! 헛세!"라고 세 번을 외친다.

그리고는 땅바닥에 칼로 또 십자가를 긋고, 십자가 중심 부분에 칼을 꽂은 후, 그 칼 위에 바가지를 덮어씌우고, 여러 번 주문을 외운 다음, 그 바가지를 가지고 집으로 돌아온다. 그 사이 집에서는 대문간에다가 짚으로 불을 피워 둔다. 무당이 그 바가지를 대문 앞에서 발로 밟아 깨뜨리고, 짚불을 넘어 집 안으로 들어가면 그것으로 굿이 끝나는 것이다.

이 살풀이굿을 내 나름대로 재해석한다면 아마 이런 뜻이 아닐까 히는 생각이다. 갈림길까지 나간 악귀가 밥 한 숟가락 얻어먹고 제 갈 길을 가라는 것이다. 만약 다시 돌아오려고 해도 칼끝으로 그린 십자가와 대문간에서 바가지 깨지는 소리에 놀라 도망을 치라는 뜻이라 여긴다.

그래도 따라 들어오려고 하면 피워 둔 짚불 때문에 집으로 들어오지 못한다는 상징이라 여긴다. 어떻든 그러한 살풀이굿 때문에 내게 붙은 초학이라는 역병이 떨어져 나갔는지, 약을 먹어서 나았는지, 아니면 가을바람이 불어 말라리아가 사라졌는지는 모르지만, 그때 죽지 않고 지금까지 잘 살아왔다.

나는 그때나 지금이나 살풀이굿이 이상하다는 생각을 떨칠 수가 없었다. 왜 삼신을 부르는 것일까? 우리가 교회에서 듣기로는 삼신이라면 성부, 성자, 성령을 말하는 것인데 하는 생각이다.
그리고 방문과 길바닥에 왜 하필이면 십자가를 그었을까? 십자가는 분명 예수님이 지신 형틀인데 하는 생각 말이다. 그뿐만이 아니다. '헛세'라고 세 번을 외치는데, 그 소리는 "예수"라는 소리가 변형된 것은 아닌가? 무당이 살풀이굿을 하면서 예수의 이름을 도용한 것이라는 생각을 지울 수가 없다. 초대교회 때도 예수 이름을 빙자하여 귀신을 내쫓는 박수들이 있었기 때문이다.

또 있다. 땅에 그은 십자가 가운데 칼을 꽂는 것은 예수의 옆구리에 창을 찌르는 것과도 상통하지 않는가 하는 생각이다. 그리고 바가지도 예수님이 쓰신 가시관을 상징하는 것이라는 생각이지만 그 해석은 독자들 각자의 몫이다. 무당들도 오방살이 낀 우리 인류를 구원하실 수 있는 유일한 분이 예수라는 것을 인정하는 것이 아닐까 하는 생각 말이다. 다른 대안이 없으므로 해 보는 소리이다.

그러나 이러한 고백을 하는 나 자신도 오늘날 현대 교회들이 전하는 예수는 본래적인 예수와는 거리가 멀다는 것을 인정하지 않을 수 없다. 오늘날 예수는 성형외과에서 말끔하게 성형을 마친

터라, 인류의 죄를 짊어진 고난의 예수가 아니라, 영광의 예수, 축복의 예수로 많이 왜곡되었고 굴절되었다는 사실을 부인할 수가 없기 때문이다. 어떻든 예부터 전해져 오는 이 살풀이를 통해 오방살(五方煞)에 찌든 우리 사회의 모든 살(煞)들이 다 물러가기를 두 손 모아 간절히 빌어 마지않는다.

H. 크리스천이여! 베옷을 입고 재에 앉으라.

크리스천이여! 베옷을 입고 재에 앉으라.

요즘 항간에는 기독인들을 비난하는 말이나 글들이 난무하고 있다. 우리 기독교와 신자들을 개독이라 부르기도 하고, 입에 담지 못할 욕설을 쏟아 내는 사람들이 많다. 그중에는 악의적인 비판도 있지만, 우리 기독인들이 바로 서지 못해서 듣는 비난이므로 마땅히 들어야 할 충고도 없지 않다고 여긴다. 교회가 비난을 받는 이유에는 여러 가지가 있겠지만, 특별히 굴지의 대형교회들이 올바른 신앙의 노선을 걷지 못하는 것이 그 원인 중 하나라고 생각한다.

대형교회의 목사가 정교(政敎) 유착이 의심되는 편법 건축을 하였다가 사회적인 물의를 일으켰으며, 세계적인 부흥강사인 어떤 목사는 수 100억이나 되는 교회 헌금을 횡령한 사실로 재판을 받게 되어 사회적인 비난을 받고 있기 때문이다.

그뿐만이 아니다. 어떤 목사는 교회를 자기 소유인 양 자기 자녀에게 상속하는 목사가 있는가 하면, 돈으로 교직을 사고파는 듯한 행태의 교회도 있을 뿐만 아니라, 교인들에게 헌금을 강조하다 못해 "하나님은 돈에 약하신 분이니 돈이 없으면 대출을 해서라도 헌금을 하라."고 강조하는 목사도 있다고 들었다. 그리고 목사가 스스로 교만하여 "하나님도 까불면 나한테 죽어"라는 망발까지 쏟아 놓는 현실이 되고 말았으니 어찌 비난을 받지 않겠는가 말이다.

이런 사례들은 자족의 도를 배우지 못한 탐욕의 결과라 하겠기에 비난받아야 마땅하다 하겠으며, 이는 교단 분열로 인한 신학교의 난립과 목사안수의 남발로 교계가 어지럽게 된 결과라 하겠다.

얼마 전에 코로나19 이후 각 종교 단체를 상대로 시민들의 시각에 대한 설문조사를 한 결과는 참담하기 짝이 없다.
1. 불교 : 절제하는(32%) 따뜻한(27.6%) 윤리적인(23%) 착한(14%) 신중한(13%).
2. 천주교 : 온화한(34.1%) 따듯한(29.7%) 윤리적인(23.0%) 깨끗한(19%) 가족적인(18%) 착한(18%)
3. 개신교 : 거리를 두고 싶은(32.2%) 이중적인(30.3%) 사기꾼 같은(29.1%) 이기적인(27%) 배타적인(23%), 부패(腐敗)한(22%) 이였다는 것이다. 이러하니 어떻게 예수 믿으라는 말을 할 수 있겠으며 교회가 부흥할 수 있겠는가 말이다.

* 출처 : 엠브레인 트렌드모니터, 종교인 대국민 인식조사, 20~59세,[1,000

물론 크리스천이란 윤리적으로 완전한 사람을 뜻하는 것은 아니다. 착한 사람, 완전한 사람만을 지칭하는 말도 아니다. 교회당 안에 있는 크리스천이나, 교회 밖에 있는 일반인이나, 다를 것 없는 다 같은 사람이요, 다 같은 부조리와 모순을 지닌 인간임에는 틀림이 없다.

성경을 살펴보아도 이 인간 역사에 공헌한 많은 사람이 모두 처음부터 완전한 인격적인 존재는 아니었다. 구약의 아브라함이 그러했고, 야곱이 그러했고, 다윗도 그러했다. 신약에 와서도 베드로를 비롯한 제자들이 그러했고, 바울도 그러했다. 그러나 분명한 것은 크리스천이란 적어도 공의와 평화를 추구하는 사람이어야 한다는 사실이다. 그런데 오늘 우리의 현실은 교회 속에 바울이 되지 못한 사울이 우글거리고, 이스라엘로 변하지 않은 야곱들이 득실거리고 있다는 사실이다.

이 세상의 마지막 보루(堡壘)라 할 수 있는 기독교회까지 이렇게 망가진다면 다른 희망이 있을 수 없는 것이 분명하다. 그러므로 우리 크리스천이 먼저 변화되어야 한다. 니느웨 백성들처럼 우리 기독인들이 먼저 베옷을 입고 재에 앉아 회개하지 않으면 안 된다. 옛사람을 벗고 새사람을 입어 올바른 윤리적인 판단을 하고 공의를 행하는 것이 난국에 처한 나라와 민족을 살리는 길이라 여긴다.

크리스천이 해야 하는 연습

요즘엔 건강에 관심이 높아져서 별별 노력을 다하는 사람들을 본다. 하긴 옛날 우리 조상들도 예외는 아니었다. 옛날에는 약이 흔하지도 않았으며, 가난했기 때문에 병원에 가는 것도 어려워서 여러 가지 민간요법을 많이 사용했었다.

어린 아기의 소변을 받아먹기도 하고, 또 소변으로 세수를 하거나, 손발이 트는데 바르기도 했다. 그뿐 아니라, 어린이의 변을 받아서 번철에 구워 먹기도 했고, 생쥐 새끼를 그대로 통째 삼키는 것도 보았다. 그리고 호리병의 입구를 삼베나 천으로 막은 다음, 끈으로 묶어 재래식 화장실 깊숙이 묻어 두면, 그 속에 잘 삭은 노란 물이 고인다. 그것을 약으로 사용하기도 했었다.

요즘도 먹는 음식으로 건강을 지키려고 노력하는 경우가 많은데, 특히 눈코나 치아와 같은 특정 부위에 좋다는 음식이 따로 있다고 하고, 위장이나 심장, 심지어 머리가 좋아지는 음식이 따로 있어 그것을 골라 먹기도 한다는 것이다.

그 외에도 각종 효소라든지, 여러 가지 채식이나 약재들이 많이 소개되고 있으며, 심지어 독은 독으로 치료한다고 하면서 위험천만한 독을 먹기도 한다고 들었다. 몸에 좋다면 별의별 혐오 식품까지도 마다하지 않고, 먹고 마시다가 오히려 건강을 해치는 경우가 있는 듯하다.

또 육신의 건강을 위해 많은 돈을 들여가면서 수영이나 요가 및 산행, 그 외에도 특별한 여러 가지 운동을 하는 것을 본다. 우리 예수를 믿는 사람들도 예외는 아닌 듯하다. 그렇다고 필자가 그러한 노력을 잘못된 것이라고 말하는 것은 아니다. 영적인 유익이나 영적인 건강을 위해 노력하기보다는 육체적인 건강을 위해 노력을 더 많이 하는 것 같아서 하는 말이다.

바울은 디모데전서 4:7-8절에서 믿음의 아들인 디모데에게 "오직 경건에 이르기를 연습하라. 육체의 연습은 약간의 유익이 있으나, 경건은 범사에 유익하니, 금생과 내생에 약속이 있느니라"라고 하셨다. 육신을 위한 이런 노력은 모두 약간의 유익은 있을지는 모르지만, 그런다고 우리 인간이 천년만년 사는 것이 아니기 때문이다.

오늘 우리 현대인들도 바울 사도가 하신 교훈의 말씀을 다시 들어야 할 것 같다. 육신의 건강을 위한 연습도 중요하지만, 영적 건강을 위한 연습을 더 많이 해야 한다고 말씀하고 계시기 때문이다. 영은 혼을 지배하고 혼은 육신을 지배하기 때문이다.

요즘 많은 크리스천이 성경 많이 읽었다는 자랑, 기도 많이 한다는 자랑, 금식 많이 했다는 자랑, 봉사 많이 했다는 자랑을 많이 하는 것을 본다. 과연 그게 무슨 자랑이란 말인가? 목사님들 중에도 40일 금식 기도를 몇 번 했다느니, 성경을 몇 독이나 했다느니 하면서, 훈장처럼 주렁주렁 달고 다니는 분도 있다. 그러나 예수님은 왼손이 하는 것을 오른손이 모르도록 하라고 하셨고, 스스로 나팔을 불지 말라고도 하시지 않았는가? 이 모든 것은 종교인이라면 마땅히 해야 할 일이기 때문에 나팔을 불고 자랑할 것은 아니라는 말이다. 크리스천이라면 마땅히 하여야 할 덕목인데도 불구하고 다른 사람에게 인정을 받기 위해서 자랑을 하는 것은, 영적으로 경건에 이르기를 연습하지 못한 데서 오는 부끄러운 일들이라 하겠다.

그러면 경건에 이르는 연습은 과연 어떤 것일까? 내가 생각하는 경건의 연습은 어려운 것이 아니다. 여러 가지가 있겠지만, 오랫동안 예수 믿었다고 자랑하지 않는 연습, 무슨 직분을 가졌다고 자랑하지 않는 연습, 성경 많이 읽었다고, 금식을 많이 했고, 기도 많이 했다고 하거나, 전도나 봉사를 많이 하였다고, 이런저런 헌신을 많이 했다고 거드름을 피우지 않는 연습. 이런저런 명예를 탐하지 않는 연습, 자기가 행한 의로운 일에 대하여 나팔 불지 않는 연습, 방자하게 굴거나 고만(高慢)치 않는 연습, 진실한 마음으로 섬기는 자가 되려는 연습 등등이 경건의 연습이라 할 수 있을 것이다.

특히 우리 크리스천은 하나님과의 관계에 있어서나 사람과의 관계에 있어서 진솔하고 겸손한 삶을 사는 것이 바로 경건에 이르는 연습이라는 것을 명심해야 할 것이다. 육체를 위한 연습은 약간의 유익이 있으나, 경건의 연습은 금생(今生)과 내생(來生)에 하나님의 크신 약속이 있음을 명심하면서 말이다.

이 역사의 중심에 누가 있는가?

성서는 인류의 역사를 대략 6천 년이라고 말한다. 하지만 역사학자들은 인류의 역사를 수십억 년, 혹은 그 이상으로 보는 것이 사실이다. 그래서 어떤 사람은 몇 억 년이 넘은 화석이나 고고학적인 자료가 나오면, 예수쟁이들은 인류 역사가 6천 년이라고 하는데, 어떻게 몇억 년 전 자료가 나온단 말이냐면서 교회와 그 지도자들을 머저리 취급하고 욕을 하는 것을 본다. 그러나 전 세계적으로 기독교계의 수많은 목회자와 신학자들이 그것도 모르는 바보는 아닐 텐데 말이다.

고고학자들에 의하면, 이 지구는 지금으로부터 약 46억 년 전 즈음에 생겨났다고 한다. 이때의 지구는 엄청나게 거대한 가스 덩어리일 뿐이어서 생명체가 전혀 살 수 없었을 것이다. 그러나 이 가스 덩어리의 뜨거운 열기가 서서히 식으면서 지금과 같은 둥근 모양을 형성하게 되었고, 표면에 산과 강, 바다와 호수 등이 생겨났을 것이다.

그리고 지구에 처음으로 생명체가 나타난 것은 약 35억 년 전이라는 것이다. 그러면서 점차 공기가 생겨나고, 인간이 살 수 있는 자연환경이 만들어졌는데, 이러한 변화가 일어난 것은 지금으로부터 겨우 수천만 년 전의 일이라는 것이다.

그러나 창세기에 보면 하나님이 이 세상을 엿새 만에 창조하셨다고 했다. 여기서 창조, 즉 제네시스(genesis)라는 말은, 기원(origin) 또는 시작(beginning)이라는 뜻이다. 다시 말하면 우주(宇宙)의 기원, 인간의 기원, 그리고 죄와 죽음의 기원, 문화의 기원, 선민의 기원, 인간 구원의 기원을 말하고자 하는 것이지, 역사를 고증하려는 것이 아니라는 말이다. 분명히 말하지만, 성서가 말하는 역사는 지구의 생성 역사나, 일반 세계 역사를 고증하려는 것이 아니라, 인간 구원 역사를 말하는 것이라는 말이다.

그리고 하나님이 세상을 창조하실 때의 하루는, 오늘의 하루와 같지 않다는 사실을 간과해선 안 된다. 넷째 날 해와 달을 창조하셨다고 기록하고 있는데, 해와 달을 창조하시기 전의 하루는 오늘날과 같은 하루로 볼 수 없기 때문이다.

필자가 생각하기에는 오늘날과 같은 하루가 생기기 전의 그 하루는, 고생대(古生代)(5억 4,200만 년 전~2억 5,100만 년)나, 중생대(中生代)(약 2억 5천만 년 전~6천 5백만 년 전까지의 시기). 신생대(新生代)(약 6,500만 년 전~현재)와 같은 개념의 기간은 아닐까 하는 생각을 해 본다.

그런데 이 역사는 우리에게 무엇을 말해 주고 있을까? 하는 것이 문제이다. 역사를 영어로 말하면 history이다. 이 말은 His와 Story의 합성어인데 여기서 His는 he의 소유격으로 "그의"라는 의미다. 그러면 "그"는 누구인가가 문제이다.

뒤돌아보면 이 역사 속에는 석가, 공자, 맹자 등등 수많은 성현 군자가 다녀갔을 뿐만 아니라, 우리나라도 단기라는 연호를 사용했었으며, 세계의 많은 나라가 자기 나라 고유의 연호를 사용하였다. 그러나 세계를 하나로 묶어 통일한 연호는 BC와 AD이다.

우리가 잘 아는 대로 BC는 Before Christ라는 말로 예수 탄생 이전이란 뜻이고, AD란 Anno Domini라는 히브리어로 "신의 나이"라는 뜻인데, 여기서 신이란 예수 그리스도를 말하는 것이다. 인류 역사를 두 동강이로 갈라놓은 것은, 그 많은 성현 군자도 아니고, 영웅호걸들이 아니라, 바로 예수 그리스도라는 말이다. 이같이 예수 그리스도야말로 이 역사의 중심에 우뚝 서 계신 분이시다. 동시에 역사란 이분의 이야기 즉 예수 그리스도의 이야기라는 말이다. 하나님은 자기의 아들 예수를 이 땅에 보내시기 위해, 인류의 전통들과 모든 인간 역사를 사용하셨다는 사실이다.

우선 오실 그분을 위해 로마가 세계를 통일하게 하셨고, 희랍문화와 희랍어의 보급으로 전 세계의 문화를 하나로 만드셨다. 모든 언어를 하나로 통일해 놓으셨으며, 복음이 전 세계에 잘 전달되도록 사통오달 로마의 도로를 닦으셨다. 특히 그 시대는 물질문화의 발달로 매우 풍요로웠으나 정신적인 만족을 찾기 위해 온갖 잡신들로 가득했지만, 참다운 만족이 없었기 때문에 로마 황제는 종교와 거주의 자유를 허락했다.

바로 그때 하나님이 만반의 준비를 하신 다음, 더도 말고 덜도 말고, 때가 차매(갈4:4), 바로 이 세계의 가장 중심이라 할 수 있는 "우주의 떡집"이라는 의미를 지닌 베들레헴에 예수 그리스도를 보내신 것이다.

이같이 이 역사는 바로 그분(His) 예수 그리스도의 이야기 (history)이다. 아무리 부정하고, 아무리 믿지 않으려 해도, 이 역사의 중심에는 예수라는 분이 우뚝 서 계신다는 사실을 잊지 말아야 할 것이다. 이 역사는 바로 그분(His) 예수 그리스도의 역사 (Story)라는 사실 말이다.

동정녀 탄생을 믿습니까?

내가 목회를 하면서 세례 문답을 할 때는 주로 사도신경에 대하여 질문을 많이 했다. 그중에서도 "당신은 동정녀 탄생을 믿습니까?"라고 질문하면, 대부분이 "다른 것은 다 믿겠는데 그것만은 믿지 못하겠습니다."라고 솔직하게 대답하는 것을 보았다.

이 동정녀 탄생을 믿지 못하면서 어떻게 사도신경의 다른 고백을 믿을 수 있단 말인가? 따지고 보면 모든 것을 믿지 못하겠다는 말이나 다를 바가 없는 것이다. 분명히 말하지만, 하나님이 사람을 창조하시는 방법이 인간의 생육법칙(生育法則)만 있는 것이 아니라는 사실이다. 그 방법 몇 가지를 알아 보겠다.

첫째 : 하나님이 창조하신 방법이 있다.

물론 지금까지 많은 과학자가 여러 가지 학설을 주장하고 있다. 예를 든다면 자연발생설, 진화설, 그리고 다른 별에서 날아왔다는 비래설, 그리고 창조설 등이 있다. 내가 아무리 궁구해 봐도 가장 나를 믿게 만든 학설은 창조설이다.

창세기를 1장 26절 이하에 "하나님이 자기 형상대로 사람을 만드셨다."고 했다. 그리고 2장 7절에도 "하나님이 땅의 흙으로 사람을 지으시고 생기를 그 코에 불어 넣으시니 생령이 되었다."고 했기 때문이다.

둘째 : 갈비뼈로 만드신 방법이 또 하나 있다.

창세기 2장 21절~23과 같이 하나님은 아담의 갈비뼈로 여자를 만드셨다고 했다. 그렇다고 여자들의 갈비뼈의 숫자가 남자들보다 한 개 더 많은가? 하고 세어보는 어리석은 짓은 하지 말기 바란다. 이는 하나님만 하실 수 있는 일이기 때문에 과학으로는 증명할 수 없는 것이다.

셋째 : 성령으로 잉태되게 하는 방법도 있다.

그리고 또 다른 방법은 바로 성령으로 잉태된 동정녀 탄생이다. 마태복음 1:18절에 "성령으로 잉태된 것이 나타났더니.."라고 했다.(눅1:35) 이 방법 역시 인간의 상상을 초월하는 것이다.

넷째 : 인간의 생육법칙을 통해서 생명을 창조하는 방법이 있다.

남녀가 결혼하여 자녀를 생산하는 것 말이다. 그러나 인간이 이 세상에 태어나는 방법이 인간의 생육법칙을 통해서 만이라는 고정된 관념을 버려야 한다. 그뿐만 아니라, 여자만 아기를 가질 수 있다는 생각도 낡은 고정관념이다. 이제는 남편이 아내를 대신하여 아기를 배고, 열 달 동안 뱃속에서 키운 다음 해산했다는 보도가 나온 지 오래다. 그 외에도 한 가지가 더 있다.

다섯째 : 게놈(genome) 프로젝트라는 방법도 있다.

이 게놈(genome) 프로젝트(project)란, 게놈이라는 '유전자'를 의미하는 단어 'gene'에 '모든 것'이라는 의미인 '-ome' 이란 어미(語尾)가 조합된 단어라고 한다. 유전자가 하나하나의 형질을 만드는 단위라면, 어떤 생물이 가지는 유전자 전체를 합한 것을 말한다. 유전자란 유전 형질을 규정하는 인자로 본체는 디엔에이(DNA)이며, 어버이가 가지고 있는 무수한 형질은 이것을 통하여 유전 정보로 자식에게 전해진다는 것이다.

한국도 2000년부터 '인간유전체 기능사업'에 많은 투자를 하였고, 세계적으로도 이와 관련된 연구가 확산하는 추세라고 한다. 이 계획이 완성됨에 따라 생명현상에 대한 보다 확실한 접근이 가능해지고, 인류가 시달려왔던 많은 유전병의 치료와 의약용으로 쓰일 각종 생체물질의 생산이 가능하게 된다는 것이다. 예를 든다면 몇 억 년 전에 존재했던 그 어떤 생명체라도 유전자만 얻을 수 있다면 다시 만들 수 있다는 것이다.

과학자들은 이러한 게놈 프로젝트를 통해서 각종 동물이나 인간까지도 만들 수 있는 세상이 분명히 온다는 것을 말하고 있다. 그러나 이를 잘못 사용할 경우 발생할 종교적이며 도덕적인 문제에 대해서는 아직 많은 논쟁을 불러올 것으로 보인다.

피조물인 인간이 그렇게 할 수 있다면, 하나님은 또 다른 방법으로 생명을 창조할 수 있을 것이 아닌가? 하는 생각을 해 본다. 이렇게 이 땅에 생명체를 탄생시키는 방법이 이렇게 여러 가지이다.

그러므로 나는 세례 지원자들에게 하나님의 능력을 과소평가하지 말고, 하나님이 하시고자 하시면 어떤 방법으로든지 인간을 탄생시킬 수 있다는 것을 믿고, 예수님의 동정녀 탄생을 굳게 믿는 온전한 믿음의 소유자가 되라고 가르쳤는데, 내가 잘못된 논리를 주장했는지 여러분 각자의 판단에 맡기는 바이다.

기도와 응답

나는 "기도한 것마다 바로바로 응답을 받았다."는 사람들을 가끔 만난다. 그런 사람들을 보면 샘도 나고, 부럽기도 하고, 자괴감(自愧感)이 들기도 한다. 그때마다 왜 나는 그렇게 즉각적인 기도의 응답을 받지 못하는 걸까! 내 기도에 간절함이 없어서일까? 하는 생각이 들어, 때로는 금식 기도를 하거나, 기도원에 가서 밤새워 부르짖어 보기도 했고, 밤중에 혼자 높은 산에 올라가 목이 쉬도록 소리치며 부르짖어 보았지만, 초가집 굴뚝에 연기처럼 좀처럼 하늘로 올라가지 못하고, 그냥 사라지고 마는 것 같아 낙심될 때가 많았다.

그 후로 나는 이곳저곳을 떠돌며 40년 가까이 목회를 하다가

2004년 3월 22일, 자원은퇴를 했다. 그동안 무슨 일인들 없었겠으며, 어떤 기도를 안 했겠는가마는 즉각적인 응답을 받은 기도는 몇 안 되는 것 같다.

그러나 나이가 들고 수십 년이 지난 오늘에 와서 그때 과연 내가 어떤 기도를 드렸고, 또 어떤 응답을 받았는가를 가만히 되짚어 보니, 응답을 받은 것이 너무 많음에 놀라지 않을 수 없어 감회가 새롭기만 하다.

내가 전도사로 재직할 때였다. 총회 선교교육원에서 주최하는 어떤 세미나에 참석한 일이 있다. 거기서 자기가 바라는 소원과 기도 제목을 20가지 정도를 적어 보는 프로그램이 있었다. 아마 장, 단기로 나누어, 10년 이내에 이뤄졌으면 하는 단기적인 소원과 더 오랜 시간이 필요한 장기적인 소원으로 나뉘어 있었던 것 같다.

그때 내가 적었던 20여 가지 소원을 지금 다 기억하지는 못한다. 그러나 너무도 간절했기 때문에 지금도 내 기억에 남아 있는 몇 가지가 소원과 기도 제목이 있다.

1. 목사가 되게 해 주십시오.

2. 성지 순례를 할 수 있게 해 주십시오.(그 당시로는 감히 꿈도 꿀 수 없었다.)

3. 훌륭한 설교가가 되어 설교집을 출간할 수 있게 해 주십시오.

4. 훌륭한 부흥강사가 되어 세상을 바꿔 놓게 해 주십시오.

기도와 응답

5. 시인이 되게 해 주십시오라는 당돌한 기도도 했다.

6. 자가용차도 소유할 수 있게 해 주십시오! 하는 기도도 빼놓지 않은 것 같다.

그 외에도 교회와 가정, 그리고 자녀에 관한 소원도 적었던 것 같은데, 모두 다 기억은 나지는 않는다. 그런데 지금 와서 뒤돌아보니 그 기도가 하나 빠짐없이 이뤄진 것이 아니겠는가! 나는 큰 틀에서 볼 때 이미 많은 기도를 응답받았다는 것을 깨닫지 않을 수가 없다.

나는 열세 살 때부터 예수를 믿었고, 내가 교회에 나가 제일 처음 한 기도가 "목사가 되게 해 주십시오"라는 기도였다. 그 기도를 이루기 위해서 6년간 주경야독(晝耕夜讀)을 하였고, 1964년도부터 전도사로 재직하면서 신학교를 다녀 9년 만에 신학교를 졸업하고, 서른세 살이 되는 1971년 8월 16일 목사 안수를 받았다. 그뿐만 아니라, 성지순례로 이스라엘은 물론 소아시아 여러 나라를 다녀왔다.

그리고 또 "훌륭한 설교가가 되게 해 주세요"라는 기도는 내가 훌륭한 설교가는 되지 못했지만, 설교집도 출간했고, 문단 세 곳에서 시와 수필로 등단하여 세 권의 시집과 다섯 권의 수필집, 그리고 베델성서연구 부교재 전편과 후편을 발간했다.

또 한 가지 기도 제목인 "부흥강사가 되게 해 주십시오"라는 기도인데, 역시 훌륭한 부흥강사는 되지 못했다. 하지만 전국적으로 67 교회에 부흥회를 인도했으며, 승용차도 이것저것 타 보았다. 내가 기도를 하기는 했으나 어떤 제목으로 무슨 기도를 했는지도 모르는 자질구레한 기도는 응답받지 못했으나, 큰 틀에서 보면 많은 기도를 응답받았다는 것을 깨달으니 감개무량(感慨無量)이다.

이제는 내가 살아 있는 동안 해야 할 기도가 생각났다. 옛 어른들도 "어떻든지 자는 잠에 가게 해 주세요."라고 입버릇처럼 말씀하시는 것을 보았는데, 그때는 야속하게 왜 저런 기도를 하시는가 하고 이상하게 여기기도 했다. 그러나 이제는 나도 "내가 세상을 떠날 때 심한 고통 당하지 않고, 자녀들에게도 큰 피해나 부담을 주지 않으면서 곱게 세상을 떠나게 해 주십시오." 하는 기도를 해야겠다고 생각한다.

내가 중년이 될 때까지는 아마 이 세상에 천년만년 살 것이라고 여겼었는지, 이 기도를 하지 않았으나, 나이가 들고 보니 꼭 필요한 기도인 듯하다. 내 형편을 잘 아시는 주님께서 합력하여 선을 이루실 거라는 것을 믿지만 말이다.

엘리야처럼 불 말과 불 병거(兵車)에 올라 회오리바람을 타고 떠나지는 못한다고 해도, 사람들에게 "아무개 목사는 죽음 복을 타고났네!"라는 소리를 들을 수 있다면 얼마나 좋을까 하는 생각이 든다. 이 기도도 우리 아버지께서 들어 주시리라 믿으면서 말이다.

기도와 응답

몸의 부활과 사후(死後) 세계

며칠 전에 내가 페이스북에 '영혼불멸이 아니라, 몸의 부활이다.'라는 글을 올렸더니, 몇몇은 동의한다는 분들도 있었지만, 더러는 '지금까지 여러 목사님에게 영혼불멸(靈魂不滅)이라고 배웠고, 그렇게 믿어 왔는데, 몸의 부활이란 말에 동의할 수 없다'는 분들도 있었다. 그리고 더 나아가서 '백 목사는 신신학(新神學)을 주장하는 이단'이 아닐까 의심하는 사람도 있는 것 같다. 그러나 우리가 주일마다 고백하는 신조인 사도신경에도 "몸이 다시 사는 것을 믿사오며"라고 했으며, 성서 그 어디에도 인간이 영혼의 불멸성 때문에 영생한다는 표현의 글이 없다는 사실이다.

어떤 분이 제게 묻기를 "목사님의 글 중에 '몸이 다시 산다'는 말씀은 사도신경에서도 고백하는 것이기 때문에 공감은 하는데, 지금도 "사람이 죽으면 그 영혼이 천국에 갔다."고 하지 않습니까? 그 말을 어떻게 이해해야 하는지요?"라고 묻는다. 여기서 몸이라고 하는 개념은 영과 혼이나 육을 따로따로 떼어서 하는 말이 아니고, 전체적인 개념이라는 것을 잊지 말아야 한다.

예수님이 부활하신 후 제자들에게 "나를 만져 보아라. 영은 살과 뼈가 없으되, 나는 있느니라."(눅24:39)고 하셨다. 우리는 영혼이 불멸하기 때문에 천국 가는 것이 아니라, 예수님처럼 더도 말고 덜도 말고 하나님이 우리 몸을 부활시켜 주셔서 천국 가는 것이란 말이다.

물론 성서에는 예수께서 십자가 한 편 강도에게 바로 "내일 낙원에 이르리라."고 하셨기 때문에 사람이 죽으면 즉각적으로 심판을 받는다고 볼 수 있지만, 또 계시록에서는 마지막에 주님이 오실 때 모두 부활한다는 내용도 있어서, 꼭 집어서 단정적으로 말할 수는 없다.

그렇다면 사람이 죽고 마지막 부활 때까지 사람의 영혼이 어디에 가 있느냐? 라고 묻는 사람이 있다. 그 질문 자체가 헬라 이원론과 영혼불멸(靈魂不滅) 사상에 뿌리 한 질문이긴 하지만, 누구나 의심을 가질 만한 질문이라 여긴다. 우리 기독인은 육과 영혼을 분리하지 말아야 한다. 분리하는 것 자체가 이원론이라는 말이다.

에스겔18:4절과 20절에 "범죄하는 그 영혼은 죽으리라."고 했다. 그러므로 우리는 다만 "죽었다가 산다."고 말하고 믿어야 한다. 그리고 성경에서는 그 기간을 "잠"이라고만 표현하고 있어서 그 이상은 알 수 없다. 왜냐하면, 사후에 세계는 인간의 상상을 초월하는 다른 차원의 세계이기 때문이다.

다만 성서에서 묘사하고 있는 부분만 이해할 수 있는데, 예수님의 가르침을 보면 천국을 겨자씨, 또는 누룩이나, 씨 뿌림 등으로 비유하셨는데, 이는 죽어서 가는 세상이라기보다, 현재적(現在的) 이면서 미래적으로 하나님의 다스림을 받는 것을 말하는 것이고, 여기서 하나님의 다스림을 받지 않는 사람은, 저기서도 하나님의 다스림을 받을 수 없다는 말씀이며, 언제나 하나님과 함께 사는 삶을 두고 하신 말씀이라고 할 수 있겠다.

그리고 계시록 21장을 보면 천국은 12 보석이 그 기초라 했고, 그 아름다움이 신부가 지아비를 위해 단장한 것과 같다고 표현하고 있다. 여기서 인간의 언어의 한계를 볼 수 있는데, 그 이상 다른 것으로 표현할 수 없으니까 인간 세상에 존재하는 최상의 것으로 표현했지만, 그 아름다움을 어떻게 다 표현할 수 있겠는가? 그 열두 보석은 하나님의 영광과 임재, 그리고 기쁨을 표현한 것이라는 해석이 유력하다.

그리고 천국은 밤도 없고, 눈물도, 저주도, 사망도 없는 곳으로 표현했으며, "거기는 시집도 장가도 아니 가고 하늘 천사와 같다."고 하셨다. 구약에도 몇몇 예언자가 하나님의 보좌에서 하나님을 섬기는 영물을 보았다고 했는데, 번쩍이는 여섯 날개가 있다는 등등의 표현을 하고 있으나, 이는 인간의 한계를 벗어난 상상 초월의 영역이라 하겠다.

우리가 천사를 보지 못했는데 어떻게 천사를 표현하겠으며, 천사나 영물을 인간의 필설로 표현하려는 의도 그 자체가 어불성설(語不成說)이 아닐 수 없다. 이는 마치 땅속 굼벵이에게 매미의 세계를 설명하는 것과 같고, 애벌레에게 나비의 세계를 설명하는 것과 같다는 생각이 든다.

그리고 또 다른 비유로 말한다면, 임신한 여인이 자기 배를 쓰다듬으면서, 뱃속에 든 아기에게 이 세상이 얼마나 아름다운지, 엄마 아빠가 얼마나 잘 생겼는지를 설명하는 것과 같아서, 아무리 가르쳐 주어도 아기가 이해하는 데는 한계가 있는 것 아니겠는가 말이다.

이렇게 사후(死後)의 세계는 인간의 지식과 상상을 초월하는 다른 차원의 세계이기 때문에 더 정확하게 가르치려는 노력도, 더 알려는 노력도, 모두 교만이요, 불경이라 하겠다. 그가 아무리 유식한 신학자나, 성경을 통달한 목회자라 하더라도 그냥 겸손하게 "모릅니다" "난해구(難解句) 입니다"라고 하는 것이 바른 답이라 여기는 바이다.

살인의 죄벌

요즘 우리 사회에 수많은 살인사건이 일어나고 있다. 심지어 묻지마? 살인사건도 심심찮게 일어나고 있다. 아마도 옛날 원시시대 때는 돌팔매나 나무막대기 같은 것이 사람을 죽이는 도구였을 것이다. 그러한 살인 도구가 차츰 발달하여 검(劍)도 나오고, 창이 나왔을 것이며, 결국엔 멀리 있는 상대를 죽이는 활이나 총, 그리고 대포나 미사일과 원자탄이 나온 것이라 여긴다.

보편적으로 사람을 죽이면 큰 죄라고 생각해서 그 죄질에 따라 무기(無期)나 사형과 같은 극형에 처하는 것이다. 우리나라는 현행법으로 사형제도가 있긴 하지만, 1997년 사형집행 이후 현재까지 사형이 집행되지 않았으므로, 국제엠네스티는 이러한 사실을 근거로 우리나라를 실질적 사형폐지국가로 분류하고 있다. 그러나 언제든지 사형을 집행할 수 있는 나라이기도 하기에, 나는 그동안 완전한 사형폐지 국가가 되기를 바라고, 사형반대 운동을 벌이기도 했었다. 개인은 물론 그가 비록 국가라고 할지라도, 사람을 죽이는 일은 해서는 안 된다는 것이 내 지론이다.

그런데 한두 사람을 죽이면 죄인이 되지만, 많은 사람을 죽이면 훈장을 주거나 영웅이 되는 세상이기도 하다. 그래서 그런지 몰라도 어떻게 하면 더 많은 사람을 죽일 것인가를 연구하고, 더 좋은 살인 무기를 개발하기 위해 많은 시간과 물질을 투자하는 것이 세계적인 추세라 하겠다.

홍콩 사우스 차이나 모닝포스트(SCMP)가 보도한 바에 의하면, 중국은 지금 기존 핵폭탄보다 방사능 낙진의 범위가 훨씬 넓어, 피해 지역의 인간 생존을 불가능하게 하는 핵폭탄을 연구하고 있다고 보도했다.

이런 연구와 실험이 중요한 이유는, 최첨단 전자기 기술을 이용해 고품질, 고출력 탄탈룸 빔을 생성해서 '낙진 강화 핵폭탄'(Salted Bomb)으로 방사능 낙진의 범위를 기존 핵폭탄보다 훨씬 넓은 최악의 핵폭탄을 만드는 것이기 때문이란다.

이 핵폭탄의 개념을 처음 생각해 낸 헝가리 태생의 미국 과학자 레오 실라드 조차 "이러한 핵폭탄이 실전에 사용된다면, 지구 전체가 방사능 낙진으로 뒤덮여서 인류가 멸망할 수 있다."고 경고했다.

옛날에도 전쟁에서 이긴 나라가 상대방 농경지에 소금을 뿌려, 그 지방에 사람이 살 수 없도록 했다고 들었지만, 이제는 낙진 피해의 지속 기간이 수십, 수백 년에 이를 정도라고 하니, 과연 누구를 위한 연구인가를 묻지 않을 수 없다.

이렇게 인류를 멸망시킬만한 이런 기술의 발명자나 그것을 사용하는 사람은 결코 지나쳐서는 안 될 중대 범죄자라 하겠다. 예를 든다면 아이히만과 같은 사람은 유대인 600만 명을 죽였고, 일본의 도조 히데키(東條英機)는 태평양 전쟁을 일으켜 전 세계를 지옥으로 만들었었다. 그런데 그들이 나중에 단순한 전범으로 다스려져서 사형당하는 것으로 끝나고 말았다. 우리 한반도에도 핵전쟁의 먹구름이 뒤덮어 세계적인 관심거리가 되고 있지 않는가 말이다.

그리고 화학탄을 비롯한 각종 세균탄으로 부차별적으로 일반 대중을 학살하거나, 각종 질병에 걸리게 하여 고통스럽게 죽이려는 시도는 그냥 그 사람의 목숨을 끊는 사형 정도로 끝내서는 안 될 것 같다는 생각을 지울 수가 없다.

외국의 어떤 나라는 그 범죄의 경중에 따라 100년형, 또는 200

년형에 처하는 경우가 있듯이 그런 악인을 단순하게 사형시키는 것만으로는 그 죗값을 다 치렀다고 할 수 없다는 생각엔 변함이 없다. 그래서 신께서 고통이 끝나지 않는 지옥을 만들었을 것이라 여긴다. 그러함에도 불구하고, 신이 인간을 지옥으로 보내는 것이 아니라, 인간 스스로가 그 형벌을 자처하는 것이라는 생각이 들기도 한다.

예수쟁이 목사라는 사람이 너무 잔인하다고 욕할지 모르지만, 이제부터라도 이 세상 모든 나라와 민족이 인간 생명의 존엄성을 재인식하여, 서로를 잔인한 방법으로 살상을 하거나, 대량학살을 시도하는 일들이 없기를 간절히 바라는 바이다.

예수를 죽인 죗값

우리 교계에는 예수님의 행적에 따른 절기들이 여럿 있다. 예를 든다면 성탄을 기다리는 때를 대림절이라 하고, 부활절 전 40여 일을 사순절이라 한다. 그 기간엔 특별히 고난주간이 있고 예수님이 십자가에 달리신 성금요일도 포함되어 있다. 그런데 문제는 사순절이나 고난주간, 그리고 성금요일이란 이 절기들이 이름만 남았을 뿐이며 성탄절도 성탄의 그 정신을 찾아보기 어려워졌다는 생각이다.

H. 크리스천이여!
    베옷을 입고 재에 앉으라.   230

폐일언(蔽一言)하고 예수님 당시로 돌아가 보면, 예수님은 십자가를 지기 위해서 예루살렘으로 올라가셨고, 드디어 노예 한 사람의 값에 팔려, 빌라도 법정에서 재판을 받고 있었다.

빌라도는 예수님의 무죄함을 알고 석방하려 했으나, 유대인들은 "예수를 십자가에 못 박으라"라고 아우성을 치며 외치기를 "그 피를 우리와 우리 자손에게 돌릴지어다."라고 소리쳤다. 그래서 빌라도는 그들의 외침에 못 이겨 예수를 내어 주었고, 그렇게 예수는 비참한 죽임을 당하고 말았다. 그 외침이 얼마나 무서운 결과를 가져올 것인가는 그 누구도 예상하지 못했을 것이 분명하다. 그 후 40년도 다 되기 전, AD70년 로마 디도스 대장이 예루살렘에 쳐들어와 예루살렘을 그야말로 쑥대밭을 만들고 말았다.

역사가 요세푸스에 의하면 그때 예루살렘의 인구는 12만 명 정도였지만, 유월절을 지키기 위해 몰려든 순례객을 합하면 170만 명 정도였다고 한다. 그때 로마군이 유대인 110만 명을 십자가에 매달아 죽였는데, 나중에는 나무가 없어서 매달지 못하고 남녀노소를 막론하고 눈에 보이는 대로 죽였다는 것이다.

거룩한 예루살렘 성전에서도 많은 사람을 죽였는데, 시체가 제단 주위까지 쌓였으며, 성소의 계단 아래로 피가 강물처럼 흘렀다고 한다. 그뿐이 아니다. 성벽 아래로 사람을 던져서 성벽 아래에도 시체로 가득했다는 것이다. 그래도 남은 수천 명은 칼싸움을 시켜 서로 죽이게 했고, 젊은 사람 97,000명을 포로로 잡아갔다는 것이다.

　　　　　　　예수를 죽인 죗값

해롯 당원들 1,000명의 수비대는 높이 434m요, 정상의 면적이 7만㎡ 정도 되는 마사다(Masada) 요새로 피해서 저항을 하였는데, 그중에서 부녀자들과 어린이들을 포함한 1천여 명이 15,000명도 더 되는 로마군을 맞아 AD 72~73년 5월까지 거의 2년을 버텼다고 전한다.

나중엔 로마군 8만여 명이 마사다를 에워싸고, 마사다 높이만큼 토성을 쌓아서, 결국 함락의 위기에 처하자, 마사다의 유대인들은 로마 군인에게 죽느니 차라리 스스로 죽는 방법을 택하였다는 것이다.

먼저 자기 집으로 가서 처자식을 죽인 다음, 다시 모여 10명을 제비를 뽑아 그 열 명이 성안을 돌면서 전우의 목숨을 거두었고, 그리고 또 한 사람을 제비 뽑아 남은 아홉 사람을 죽인 후, 그 한 사람은 스스로 자결했다고 전한다. 그리하여 AD73년 5월 2일 마사다 요새는 완전히 함락되었고, 로마군이 거기 이르렀을 때는, 960구의 시체만 남아 있었다는 것이다.

이러한 사실은 수로에 숨었다가 살아남은 부녀자와 어린이 7명이 그 사실을 전해주었기 때문에 그 전모를 알 수 있게 되었다는 것이다. 이것이 "예수의 피를 우리에게 돌릴지어다."라고 한 말의 응보를 받은 것이 아니고 무엇이겠는가 말이다.

그뿐이 아니다. 그 후 유대인들은 산발적으로 독립운동을 했지만 성공하지 못했고, 나라가 완전히 망한 다음, 세계 방방곡곡에 흩어져, 멸시와 천대를 받으며, 건건히 목숨을 이어갔다. 유대인들은 어디를 가든지 이유도 모르는 미움을 받았는데, 1945년 2차

대전이 끝나기 전까지 폴란드 아우슈비츠 수용소에서 600만 명의 유대인들이 학살을 당했다.

말이 600만이지 대구와 경북 인구를 모두 합해도 600만 명이 안 된다. 부산을 포함한 경상남도 인구가 340만 명이요, 거기에 경북의 인구 270만을 모두 합해야 600만 명 정도가 된다. 이렇게 엄청난 유대인들이 학살을 당한 것이다. 이것이 바로 예수를 십자가에 못 박을 때 "예수의 핏값을 우리 자손에게 돌릴지어다"라고 외친 결과라 하겠다.

우리는 민주주의 제도는 다수결의 원칙을 존중하고 따른다. 하지만, 그 다수결의 원칙의 맹점이 여기에 있다는 것을 분명히 알아야 한다. 많은 사람이 간다고 모두 바른길은 아니다. 이스라엘 역사를 보더라도 12명의 정탐꾼 중 긍정적인 보고를 한 사람은 두 사람뿐이었다. 그래서 10:2라는 다수결의 원칙을 따랐지만, 결국 60만 명이나 되는 사람들이 모두 광야에서 죽고 말았다.(그들의 처와 잡족(雜族)까지 합하면 100만 명이 훨씬 넘을 것이다.) 그때는 소수이어서 두 사람이 졌지만, 결국 그 두 사람이 옳았던 것이 분명하다.

오늘날 사회에서나 교회에서도 아무리 많은 사람이 옳다고 해도, 그것이 정말 하나님의 뜻이 아니라면, 생명을 걸고 막아야 할 때도 있다는 것을 잊지 말아야 하겠다.

예수께서도 "좁은 문으로 들어가라. 멸망으로 인도하는 문은 크고 그 길이 넓어 그리로 들어가는 자가 많고, 생명으로 인도하는 문은 좁고 길이 협착하여 찾는 자가 적음이라"(마7:13-14)라고 하신 말씀을 명심해야 할 것이다.

사랑의 키츠스

요즘 우리나라 국회의사당에서 벌어지는 상황을 보면 한심스럽기 짝이 없다. 민생이 나락으로 떨어지고 있어 긴박한 상황인데도 불구하고, 국회의원들은 밤낮으로 "아무 말 대 잔치"를 하는 것을 보면 분노를 금할 길이 없다. 분명 저런 짓 하라고 뽑아 준 것도 아니고, 세금을 내는 것도 아닐 터인데 말이다.

오늘날 교회도 마찬가지다. 거기다가 교회 이름도 "참사랑"이니, "은혜"니, "사랑 제일"이니 하면서 사랑을 강조하지만, 심각한 이기주의에 빠져 헌금이 줄어들지 않도록 하는 데만 신경을 쓰는 것 아닌가 하는 인상을 주는 것 같아 마음이 아프다.

그리고 목사라는 사람들도 예외는 아닌 듯하다. "네 이웃을 내 몸과 같이 사랑하라"고 목의 핏대를 세우지만, 과연 교회가 대 사회적으로 헌신하는 것이 무엇이며, 이 코로나 사태가 엄중한 이때 이웃을 위한 사랑 행위가 무엇인지? 과연 소중한 신도들과 이 사회를 위하는 길이 무엇인지 물어보지 않을 수 없다.

어떤 곤충학자가 알프스에 사는 개미를 연구하던 중, 개미들이 집단을 이루어 사는 곳에다가 양초를 하나 세워두었다고 한다. 그러자 개미들이 그 촛불을 끄기 위해서 자신의 몸을 불 속으로 던졌다는 것이다. 그런데 놀랍게도 몇 마리의 개미가 촛불 속으로 자신의 몸을 던지자, 거짓말같이 촛불이 꺼져버리고 말았다는 것이다. 자세히 살펴보니 개미들은 몸이 탈 때 '키츤스'라고 하는 불연성 진액을 몸 밖으로 흘려보내서 그 진액이 양초의 불을 꺼버렸다는 것이다.

지금도 우리 사회 저 구석에서 생명의 위험을 무릅쓰고 코로나 19 방역을 위해서나, 화재를 진압하려고 불로 뛰어들었다가 이름도 없이 빛도 없이, 희생되는 사람들을 보면 그 헌신을 무엇으로, 어떻게, 다 감사를 해야 할지 말문이 막힐 지경이다.

그런데 요즘 우리 교회는 무엇을 하고 있는가? 오늘날 이러한 교회를 향한 노한 민심을 조금이라도 개선하고, 달래기 위해서는 가녀린 몸을 촛불 속에 내던지면서까지 키츤스를 흘려보내 그 거대한 촛불을 꺼버리는 개미처럼, 자신을 불태워서 사랑의 키츤스를 내 보내야 하는데, 하나같이 자신을 희생하려고 하지는 않으면서 불을 끄려고만 하는 우를 범하고 있는 것이 안타까울 뿐이다.

불의와 불평등, 부조리, 그리고 죄악의 불길이 맹렬히 타오르고 있다. 이런 불길을 끄기 위해서는 우리 기독인들이 이 혼란한 사회 속에 들어가 자신을 희생하여 거룩한 키츤스를 품어내어 그 어떤 사탄의 견고한 진도 능히 격파할 수 있는 강력한 십자가 군병이 되어야 할 것이다.

사랑의 키츤스

늦지 않았다. 어느 한때 도전을 받지 않았던 때가 있었겠는가마는 특히 초대교회나 중세교회도 그 모진 고난의 세월을 잘 이겨 왔지 않았는가? 지식을 넘어 사랑으로, 다시 시작하자. 이 시점에서 나와 교회만 아니라, 이웃과 사회, 그리고 나라와 민족을 위해서 오늘날 교회가 무엇을 해야 할지를 찾아보아야 할 것이다. 다시 힘을 내자. 성령이시여! 우리를 도우소서. 아멘.

진정한 사랑의 실천이 필요한 때다.

흔히 우리는 고전 13장을 사랑 장이라고 한다. 아마도 많이 읽고 들었을 것이며, 수없이 많은 사랑 설교도 들었을 것이다. 나도 이 설교를 많이 했으니까 말이다.

그러면 고린도서에서 바울이 말하는 사랑을 한마디로 요약한다면 무엇이라 하면 좋을까? 그것은 "희생"이라는 말로 요약할 수 있을 것 같다. 아무리 입으로 사랑을 말하고, 사랑 표현을 많이 한다고 해도 희생이 없다면 독선(獨善)이 되기 때문이다.

이 사랑이라는 말은 독일어가 가장 잘 표현해 주고 있다는 생각이 든다. 독일어로 "나는 너를 사랑한다." 즉 "이히 칸 디히 라이덴"(Ich kann dich leiden) 이란 말을 직역하면, "나는 당신을 위해 참을 수 있다"는 뜻인데, 더 정확하게 표현한다면 "이히 칸

디히 굿 라이덴" (Ich kann dch gut leiden)이라고 할 수 있다.
즉 "너를 위해, 너 때문에 다가오는 고난이나 수모 등, 고통을 참
을 수 있다."는 말이 된다.

이 사랑의 실천 방법 중에는 상대에게 고통을 주는 방법이 하
나 있고, 또 다른 하나는 자기를 벌하는 방법이 있다. 첫 번째 방
법은 오늘날 많은 현대인이 가진 사랑의 본질이라 할 수 있는데,
상대를 도구화하여 자기만족을 취하는 행동 말이다. 그래서 사랑
한다는 표현은 많이 하는데, 고독사가 날로 늘어나고, 우리나라
의 이혼율이 세계 1위라고 하니 깜놀?이다.

우리는 신구약 중간사(中間史)를 400여 년으로 잡는다. 이때는
예언자는 물론 선지자도 없었고, 진정한 종교 지도자가 없어서
자기 보기에 선한 대로 행하는 시대였다. 그 신구약 중간사(中間
史)를 살펴보면, 한때는 자기 아들을 불살라 몰록에게 제사를 지
냈던 적도 있었으며, 맏아들을 죽여서 벽에 세우고 벽을 바른 다
음에 그 죽은 아들이 자기 집을 지켜 줄 것이라 믿었다는 황당한
기록도 있다. 이 얼마나 잔인한 독선인가 말이다.

그러나 두 번째 방법은 곧 예수가 십자가를 지신 방법인데, 예
수는 그때 하늘에서 열두 영이나 더 되는 천군을 불러 자기를 십
자가에 못 박는 사람들을 벌한 다음 자기를 믿고 따르는 사람들
에게 평안을 주는 방법도 있었을 것이다.
그러나 예수는 그 방법을 택하지 않고 자기를 벌하는 방법을 택
하셔서 그 모진 십자가의 고난을 택한343 것이다. 이 사랑이야

말로 그 어떤 불도 태울 수 없으며, 그 어떤 용광로도 녹일 수 없는 진실한 사랑이라 하겠다. 이런 사랑은 인류 역사상 예수님 밖에 보여 준 사람이 없음이 분명하다.

요즘 코로나로 말미암아 많은 사람이 고통을 당하고 있다. 교회라고 예외는 아니지만, 이 위기가 곧 기회이다. 교회의 위신이 땅에 떨어진 이때, 어떻게 전도지 들고 예수 믿으라는 말을 할 수 있겠는가 말이다. 이대로는 안 된다.

중세 때도 모진 역병이 돌았었다. 아무도 죽은 사람을 치우지 않고 시체가 방치되고 있을 때, 기독교인들이 나서서 장례를 치러 주었다. 그래서 기독교가 사회로부터 인정을 받고 교세가 더욱 확장되었다. 그렇다고 의학이 발달된 오늘날에도 교회가 나서서 역병 환자를 직접 적으로 도우라는 말이겠는가? 그럴 수는 없다.

우리는 지난 IMF 위기 때, 금 모으기도 했지만, 여러 교회가 쌀독을 비치하고 어려운 이웃들이 아무나 가져가도록 하는 등의 노력으로 그 위기를 잘 극복했다. 이처럼 위기를 기회로 삼아야 한다. 이 기회를 놓치면 교회당을 아무리 확장하고 화려하게 꾸며도, 교인이 없는 교회당이 무슨 소용이란 말인가? 내가 유럽 여행을 갔을 때 유럽의 많은 교회가 교회당 건물 일부를, 상점이나 빠(명칭은 잘 모르나 술을 파는 곳)로 세를 놓고 있는 것을 보았다.

그러므로 우리 교회가 무엇보다 급선무로 해야 할 일이 있다.

교회가 해야 할 여러 가지 급한 일도 많지만, 모든 계획을 다음으로 미루더라도 고통을 당하는 이웃과 아픔을 나누기 위해, 푸드뱅크(Food Bank)나 이웃 돌봄 서비스, 또 장학제도 등, 그 지역에 알맞은 방법을 찾아 실천하는 것이 이 위기를 헤쳐나가는 방법이라는 생각을 해 본다. 우리 크리스천은 예수의 그 사랑을 본받고, 그 사랑을 실천하는 삶을 살아야 하는 사람들이기 때문이다.

절대!
허송세월하지 마라

백낙원 제5수필집

2024년 3월 13일 초판 1쇄
2024년 3월 15일 발행
지 은 이 : 백낙원
펴 낸 이 : 김락호
디자인 편집 : 이은희
기 획 : 시사랑음악사랑
연 락 처 : 1899-1341
홈페이지 주소 : www.poemmusic.net
E-Mail : poemarts@hanmail.net

정가 : 15,000원
ISBN : 979-11-6284-522-6